AND MR SHEPARD HELPD

WINNIE-THE-POOH BY A. A. MILNE WITH DECORATIONS BY ERNEST H. SHEPARD

METHUEN & CO. LTD. 36 ESSEX STREET
LONDON W.C.

First Published in 1926

PRINTED IN GREAT BRITAIN

곰돌이 푸
WINNIE - THE - POOH

앨런 알렉산더 밀른 지음
어니스트 H. 셰퍼드 그림 | 박혜원 옮김

더스토리

그녀에게

손에 손을 잡고 우리가 왔어요.

크리스토퍼 로빈과 내가

이 책을 당신 무릎에 놓아주려고요.

놀랐다고 말해줄래요?

마음에 든다고 말해줄래요?

당신이 바라던 바로 그 책이라고 말해줄래요?

이 책은 당신 것이니까요.

우리는 당신을 사랑하니까요.

머리말

크리스토퍼 로빈이 나오는 다른 이야기를 읽어본 적이 있다면, 크리스토퍼 로빈이 한때 백조를 데리고 있었고(아니, 백조가 크리스토퍼 로빈을 데리고 있었던가? 어느 쪽인지 잘 모르겠지만) 이 백조를 푸라고 불렀던 걸 기억할지도 모르겠다. 아주 오래전 일이었는데, 백조와 헤어지면서 우리는 푸라는 이름도 다시 가져왔다. 백조가 더 이상 그 이름을 원하지 않을 거라고 생각해서였다. 그런데 에드워드 베어도 자기만의 신나는 이름을 갖고 싶다고 말을 하자, 크리스토퍼 로빈은 조금도 망설이지 않고 그 자리에서 위니 더 푸라는 이름을 붙여주었다. 그렇게 위니 더 푸가 탄생했다. 지금까지 푸라는 이름이 생긴 배경을 설명했으니, 나머지 이름이 생긴 배경에 대해서도 알아보는 것이 좋겠다.

런던에 오래 머물면서 동물원에 한 번도 안 가본 사람은 없을 것이다. 어떤 사람들은 입구로 들어서자마자 동물들을 보는 둥 마는 둥 빨리 지나쳐 출구로 나가버리는 반면, 최고로 멋진 사람들은 자신이 가장 좋아하는 동물이 있는 곳으로 직행해서는 그곳에 눌러앉아 가질 않는다. 크리스토퍼 로빈도 동물원에 가면 북극곰들이 있는 곳으로 가는데, 왼쪽에서 세 번째에 있는 사육사에게 뭐라고 귓속말을 속닥거리면 잠겼던 문이 열렸다. 어두운 통로로 들어가서 가파른 계단을 올라가 마침내 그곳에 다다르면, 문이 열리고 갈색 털이 복슬복슬한 무언가가 종종종종 걸어 나왔다. 크리스토퍼 로빈은 "와, 곰이다!" 하고 행복한 탄성을 지르며 달려가 그 털북숭이의 품에 와락 안겼다. 이 곰 이름이 바로 위니다.

이렇듯 위니는 곰을 부르기에 참 예쁜 이름이지만, 웃기게도 푸의 이름을 따서 위니라는 이름을 지은 것인지 위니의 이름을 따서 푸라는 이름을 지은 것인지는 기억이 나지 않는다. 예전에 알긴 알았는데, 잊어버렸다.

여기까지 쓰자 피글렛이 나를 올려다보며 특유의 짹짹거리는 목소리로 말했다.

"내 얘기는요?"

내가 말했다.

"귀여운 피글렛, 이 책이 다 네 이야기야."

"푸 이야기도 많잖아요."

피글렛이 왜 이러는지 알 것이다. 피글렛은 지금 푸가 머리말을 홀로 독차지하고 있다고 질투하는 것이다. 물론 푸가 가장 많은 사랑을 받긴 하고, 그건 부정하지 않지만, 피글렛에게는 푸에게 없는 많은 장점이 있다.

푸를 학교에 데리고 가면 사람들에게 들킬 수밖에 없지만, 피글렛은 아주 작아서 주머니에 쏙 넣을 수 있고, 7 곱하기 2가 12인지 22인지 헷갈릴 때, 주머니에 손을 넣고 피글렛을 만지작거리면 훨씬 마음이 편해지니까. 피글렛은 가끔 주머니에서 빠져나와 잉크병 안에 숨어서 주변을 유심히 살피기도 했는데, 이런 식으로 푸보다 더 많은 걸 보고 경험할 수 있었다. 하지만 푸는 그런 건 신경 쓰지 않는다. 푸는 머리가 좋은 사람이 있으면 나쁜 사람도 있다고 하는데 사실, 그게 맞는 말이니까.

이제는 다른 친구들도 입을 모아 떠들어 대기 시작한다.

"우리 이야기는요?"

아무래도 이쯤에서 머리말을 마무리하고 어서 이야기를 시작하는 게 좋을 것 같다.

앨런 알렉산더 밀른

Contents

1

숲속 친구들의 이야기

지금 에드워드 베어가, 쿵, 쿵, 쿵, 뒤통수를 찧으며 크리스토퍼 로빈을 따라 계단을 내려오고 있어요. 에드워드 베어가 계단을 내려가려면 이 방법밖에 아는 게 없지만, 가끔은 분명 다른 방법이 있을 거라는 생각이 듭니다. 잠깐이라도 머리 찧는 걸 멈추고 생각해볼 시간만 있다면 좋은 방법이 떠오를지도 모르지요. 그러다가 또 어쩌면 그런 방법은 없을 것 같기도 하고요. 어쨌든 이제 계단을 다 내려왔고, 우리와 인사할 준비가 되었어요. 바로 위니 더 푸랍니다.

처음 그 이름을 듣고는 나도 여러분과 똑같은 생각이 들어서 이렇게 물었답니다.

“나는 그 곰이 남자아이인 줄 알았는데?”

“맞아요.”

크리스토퍼 로빈이 말했어요.

“그러면 위니*라고 부르면 안 되지 않니?”

“위니라고 안 부르는데요.”

“하지만 방금 네가…….”

“이 곰의 이름은 위니 더 푸예요. ‘더’가 왜 붙었는지 모르세요?”

“아, 그래. 이제야 알겠구나.”

나는 얼른 대답했어요. 여러분도 그러는 게 좋을 거예요. 우리가 들을 수 있는 건 이게 다니까요.

위니 더 푸는 아래층에 내려오면 게임 같은 걸 하고 싶어 할 때도 있고, 또 난롯가에 얌전히 앉아서 이야기를 듣고 싶어 할 때도 있어요. 오늘 밤은 어떤 기분일까요?

“이야기를 해보는 게 어떨까요?”

* 여자 이름 위니프레드(Winifred)의 애칭이다.

크리스토퍼 로빈이 말했어요.

"어떤 이야기?"

내가 물었어요.

"위니 더 푸에게 아주 재미있는 이야기를 해주실 수 있으세요?"

"못할 거 없지. 위니 더 푸는 어떤 이야기를 좋아하니?"

"자기 이야기요. 위니 더 푸는 그런 얘기를 좋아하는 곰이거든요."

"아, 그렇구나."

"그럼 아주 재미나게 해주실 거죠?"

"한번 해보지 뭐."

나는 대답했어요. 그리고는 이야기를 시작했지요.

***

옛날 옛적에, 지금으로부터 아주 오래전에, 그러니까 지난 금요일쯤에 말이야. 위니 더 푸는 어떤 숲속에 '샌더스'라는 이름을 내걸고 혼자 살고 있었단다.

("'이름을 내건다'는 게 무슨 뜻이에요?"

크리스토퍼 로빈이 물었어요.

"대문에 거는 문패에다가 황금색 글씨로 '샌더스'라는

이름을 새겨 넣고 살았다는 뜻이야."

"위니 더 푸가 잘 모르는 것 같아서요."

크리스토퍼 로빈이 말했어요.

"이제 잘 알아."

옆에서 뾰로통하게 우물거리는 목소리가 들렸어요.

"그럼 이제 이야기를 계속 하마.")

어느 날 위니 더 푸는 길을 거닐다가 숲속 한가운데 있는 공터에 이르게 되었단다. 거기에는 커다란 떡갈나무 한 그루가 있었는데, 그 나무 꼭대기에서 시끄럽게 윙윙거리는 소리가 나는 거야.

위니 더 푸는 나무 밑동에 앉아 앞발로 머리를 괴고는 생각하기 시작했어.

그러고는 제일 먼저 이렇게 중얼거렸어.

"저렇게 윙윙 소리가 난다는 건 저기에 뭔가가 있다는 거야. 아무 이유도 없이 저렇게 윙윙, 또 윙윙, 계속 윙윙 소리가 날 리가 없어. 윙윙 소리가 난다면, 그건 누군가 윙윙 소리를 낸다는 거고, 왜 윙윙 소리를 내냐면 그건 바로 저 위에 벌이 있다는 거지."

그러고 나서 위니 더 푸는 한참 더 생각한 뒤에 말했어.

“이 세상에 벌이 있다면 그건 꿀을 만들기 위해서야.”

그러면서 위니 더 푸는 자리에서 일어섰어.

“그리고 꿀을 만드는 이유는 단 하나, 나더러 꿀을 먹으라는 거지.”

위니 더 푸는 나무를 타고 오르기 시작했단다.

나무를 오르고, 오르고, 또 올라갔고, 오르면서, 혼자서 노래도 흥얼거렸어.

이런 노래였지.

재미있지 않나요?
곰이 꿀을 좋아하다니!
윙! 윙! 윙!
벌이 왜 그럴까요?

위니 더 푸는 조금 더 높이…… 조금 더 높이…… 그리고 거기에서 조금 더 높이 올라갔어. 올라가는 동안 또 새로운 노래가 떠올랐지.

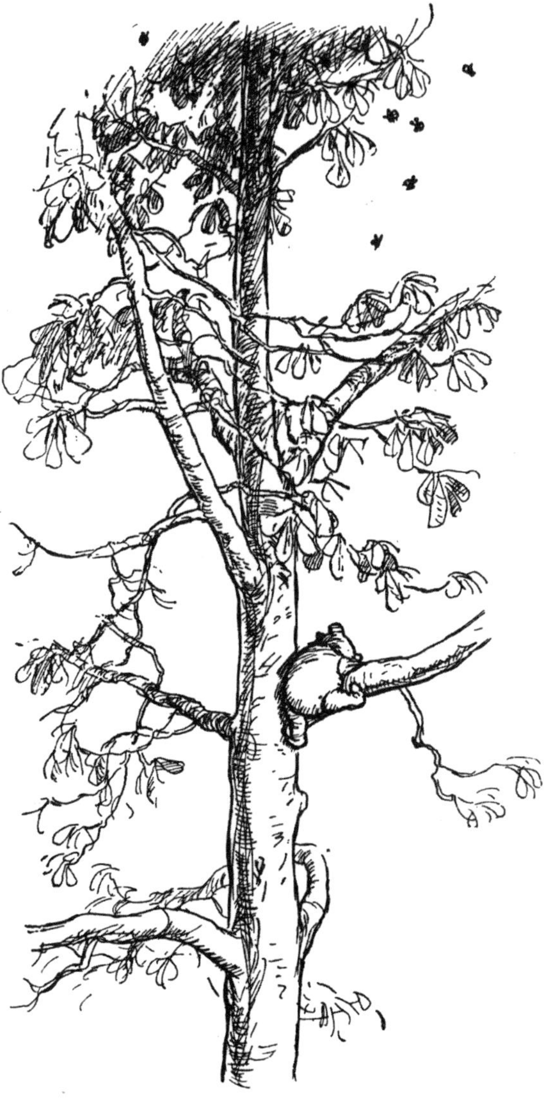

정말 웃기는 생각이지만, 곰이 벌이라면,
나무 '밑동'에 집을 지을 거예요.
그랬더라면 (벌이 곰이라면),
이 계단들을 힘들게 오르지 않아도 될 테니까요.

이때 즈음 위니 더 푸도 지친 나머지 투덜거리는 노래를 불렀던 거야. 이제 거의 다 올라왔단다. 저 가지 위에 올라서기만 하면…….

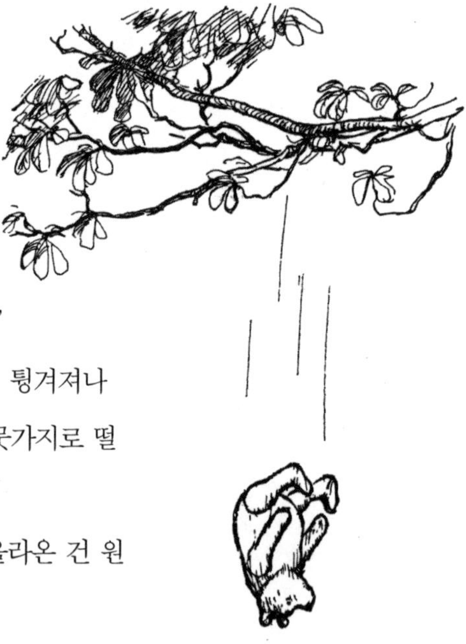

뚜두둑!

"으악, 살려줘!"

푸가 3미터 아래 나뭇가지로 떨어지며 외쳤어.

"올라오지 말 걸……."

푸는 그 가지를 맞고 튕겨져나와 다시 6미터 아래 나뭇가지로 떨어졌어.

"저기 있잖아, 내가 올라온 건 원래……."

푸는 거꾸로 뒤집힌 채 9미터 아래 나뭇가지로 곤두박질 치면서도 나무에 올라간 행동을 변명했어.

"내가 올라온 건 원래…… 아까는……."

푸가 또 변명을 하려고 하자 순식간에 나뭇가지 여섯 개를 미끄러져 내려왔어.

"아무래도……."

푸는 마지막 나뭇가지와 작별인사를 나누고 세 바퀴를 빙글빙글 돈 다음 가시금작화* 덤불 속으로 포옥 내려앉으면서 결론을 내렸어.

"아무래도 내가 꿀을 너무 '좋아해서' 이렇게 됐나봐. 아, 살려줘!"

푸는 가시금작화 덤불 속에서 기어나와 코에 박힌 가시들을 쓱쓱 털고, 다시 생각에 잠겼어. 가장 먼저 머리에 떠오른 사람은 바로 크리스토퍼 로빈이었지.

* 지중해 지역에서 볼 수 있는 상록수 관목으로 꽃이 노랗고 향이 좋으며 줄기에는 날카로운 가시가 달려 있다. 생명력과 번식력이 강해서 야산이나 평야를 노랗게 뒤덮는 경향이 있다.

(“나였다고요?”

크리스토퍼 로빈이 도저히 믿어지지 않는다는 듯이

놀란 목소리로 물었어요.

“너였어.”

크리스토퍼 로빈은 더 이상 아무 말도 하지 않았지만,

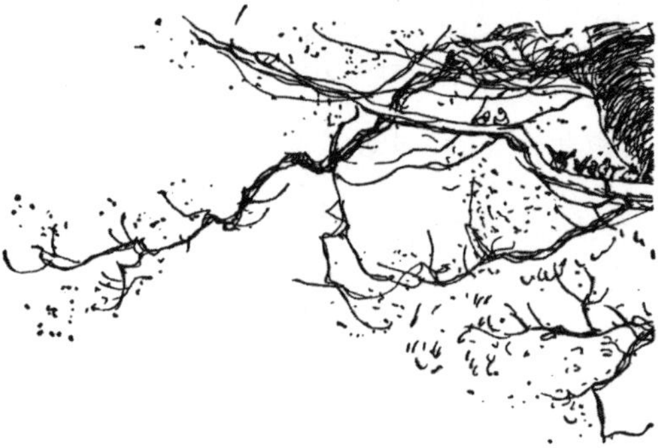

눈이 동그랗게 커지면서 얼굴은 점점 발그레해졌답니다.)

그렇게 해서 위니 더 푸는 친구인 크리스토퍼 로빈을 찾아갔어. 크리스토퍼 로빈은 숲 맞은편 초록 대문 집에 살고 있었단다.

"안녕, 크리스토퍼 로빈."

푸가 인사했어.

"안녕, 위니 더 푸."

너도 인사를 건넸지.

"너 혹시 풍선 갖고 있니?"

"풍선?"

"그래. 여기 오면서 '혹시 크리스토퍼 로빈한테 풍선이 있지 않을까?' 하고 계속 중얼거렸거든. 그냥 혼자 말한 거야. 풍선 생각을 하다가. 궁금해서."

"풍선은 어디에 쓰려고?"

위니 더 푸는 혹시 누가 엿듣고 있지는 않은지 주변을 두

리번거리더니, 앞발을 입에 대고 아주 나직이 속삭여 말했어.

"꿀!"

"풍선으로 꿀을 어떻게 따?"

"나는 할 수 있어."

그런데 마침 넌 바로 전날에 친구 피글렛네 집에서 열린 파티에 갔다가 풍선을 가지고 놀았던 거야. 원래 너는 커다란 초록 풍선을 갖고 있었고, 래빗네 친척 하나가 커다란 파란 풍선을 받았다가 그걸 놓고 간 거야. 사실 파티에 초대받아 오기에는 너무 어린아이였거든. 그래서 네가 초록 풍선과 파란 풍선을 둘 다 집으로 갖고 왔던 거지.

"어떤 풍선이 마음에 들어?"

네가 묻자 푸는 앞발로 턱을 괴고는 아주 골똘히 생각했어.

"풍선을 가지고 꿀을 딸 때, 중요한 건 벌들이 모르게 하는 거거든. 초록 풍선을 가지고 있으면 벌들은 나를 나뭇잎인 줄 알고 눈치채지 못할 거고, 파란 풍선을 가지고 있으면 벌들은 나를 하늘인 줄 알고 눈치채지 못할 거야. 둘 중에 어느 쪽이 더 감쪽같을까?"

네가 물었어.

"풍선에 매달려 있으면 벌들이 너를 알아채지 않을까?"

"그럴 수도 있고 아닐 수도 있어. 벌들이 어떤 반응을 보일지는 아무도 알 수 없지."

푸는 잠시 생각하더니 말했어.

"나는 작은 먹구름처럼 보이도록 해볼게. 그럼 벌들을 속일 수 있을 거야."

"그러면 파란 풍선을 가져가는 게 좋겠다."

이렇게 해서 파란 풍선으로 결정이 되었단다.

너희 둘은 파란 풍선을 들고 밖으로 나갔고, 너는 평상시처럼 만일을 대비해서 총도 챙겨들었지. 위니 더 푸는 진흙탕이 있다는 곳으로 가서 온몸이 새까만 진흙투성이가 될 때까지 데굴데굴 구르고 또 굴렀어. 그런 다음 풍선을 최대한 크게 불었어. 그리고 풍선에 매단 실을 푸와 같이 꽉 붙잡고 있다가 네가 갑자기 손을 놓자, 곰돌이 푸는 두둥실 하늘로 떠올랐단다. 그러다가 나무 꼭대기쯤에서 멈추었어. 그러

니까 나무하고는 6미터 정도 떨어진 곳이었지.

"만세!"

네가 소리쳤어.

위니 더 푸가 밑에 있는 너를 향해 외쳤어.

"멋지지 않아? 내가 뭐 같아 보여?"

"내 눈에는 풍선에 매달린 곰 같은데."

푸가 걱정스러운 듯이 말했어.

"뭐? 파란 하늘에 떠 있는 작은 먹구름 같은 게 아니고?"

"별로 그렇진 않아."

"어쩌지? 그래도 아마 이 위에서 보면 달라 보일 거야. 그리고 아까도 말했잖아. 벌들이 어떤 반응을 보일지는 아무도 모르는 거니까."

안타깝게도 바람은 불지 않았어. 바람이 불어야 나무 가까이로 다가갈 수 있는데, 푸는 그 자리에 가만히 떠 있었어.

꿀이 코앞에 있는데, 또 냄새도 맡을 수 있는데, 좀처럼 꿀에 가까이 갈 수가 없었던 거야.

조금 있다가 푸가 밑에 있던 너를 불렀어.

"크리스토퍼 로빈!"

푸는 다 들리는 큰 소리로 속삭여 말했지.

"왜!"

"벌들이 의심하는 것 같아!"

"무슨 의심?"

"나도 몰라. 벌들이 눈치를 챈 거 같아!"

"꿀을 훔치러 왔다고 생각하는 것 같아?"

"그럴지도 모르지. 벌들이 어떤 반응을 보일지는 아무도 모르는 거잖아."

잠깐 동안 둘 다 아무 말도 하지 않았어. 그러다가 푸가 다시 밑에 있는 너를 불렀지.

"크리스토퍼 로빈!"

"응?"

"너희 집에 우산 있어?"

"있을 걸."

"그럼 우산을 가져와 봐. 그리고 네가 우산을 들고 왔다 갔다 하다가 가끔씩 나를 올려다보면서 '쯧쯧, 비가 오겠네' 라고 말하는 거야. 그렇게 하면 벌들도 우리 작전에 속아 넘어가지 않을까?"

너는 그 말을 듣고 속으로 몰래 웃었어. '바보 곰돌이 같으니라고!' 하지만 너는 푸를 무척 아꼈기 때문에 그런 말을 입 밖으로 내지는 않았어. 그냥 집으로 우산을 가지러 갔지.

"아, 돌아왔구나!"

네가 나무쪽으로 돌아오자마자 푸가 너를 보며 외쳤어.

"이제 막 걱정이 되려던 참이었단 말이야. 벌들이 진짜로 의심하고 있는 것 같았거든."

"우산을 쓸까?"

“응. 그런데 아직 잠깐만. 할 거면 제대로 해야 한단 말이야. 우리가 꼭 속여야 하는 벌은 여왕벌이거든. 혹시 어떤 벌이 여왕벌인지 그 밑에서 알 수 있어?”

“아니.”

“이를 어쩐다. 어쨌든, 자, 네가 우산을 들고 왔다 갔다 하면서 ‘쯧쯧, 비가 오겠네’라고 하면, 나는 내가 할 수 있는 짧은 ‘구름 노래’를 부를게. 진짜 구름이 부를 만한 거로…… 자, 시작!”

너는 왔다 갔다 하면서 비가 올지 안 올지 궁금하다고 중얼거렸고, 위니 더 푸는 이런 노래를 불렀어.

파란 하늘에 두둥실!

구름이 되다니 정말 멋져요.

작은 구름들은 저마다
쉴 새 없이 소리 높여 노래하지요.

파란 하늘에 두둥실!
구름이 되다니 정말 멋져요.
기분이 무척 우쭐해져요.
작은 구름이 되면 말이죠.

벌들은 뭔가 수상쩍다는 듯 평소보다 더 윙윙거렸어. 사실 몇 마리는 벌집을 나와 이제 막 노래 2절을 부르기 시작한 구름을 둘러싸고 빙글빙글 돌기도 하고, 어떤 벌 한 마리는 구름의 코 위에 잠깐 앉았다가 날아가기도 했단다.

"크리스토퍼…… 으악! 로빈!"

구름이 소리를 질렀어.

"응?"

"방금 생각을 해봤는데, 아주 중요한 결론을 내렸어. 아무래도 저 벌들은 이상한 벌들 같아."

"저 벌들이?"

"내가 생각했던 벌들이랑 아주 달라. 그러니까 꿀도 이상한 꿀을 만들었을 거야. 안 그래?"

"꿀도?"

"응. 그래서 말인데, 나 내려가야겠어."

"어떻게?"

네가 물었어.

위니 더 푸도 거기까지는 생각을 못했지. 그냥 풍선을 놓으면 '쿵' 하고 떨어질 테니, 그 방법은 마음에 들지 않았어. 그래서 한참을 생각한 끝에 말했지.

"크리스토퍼 로빈, 네가 총으로 풍선을 터뜨려줘. 총은 가지고 왔어?"

"가져오기야 했지. 총을 쏘면 풍선이 망가질 텐데."

"네가 총을 쏘지 않으면 난 풍선을 놓아야 하고, 그럼 내가 다친단 말이야."

푸의 말을 듣고 보니 이해가 갔지. 그래서 너는 아주 조심스럽게 풍선을 겨냥했어. 그리고 총을 쏘았단다.

"아야!"

푸가 소리를 질렀어.

"맞혔어?"

네가 물었어.

"맞히긴 맞혔는데 풍선을 맞힌 건 아니야."

"정말 미안해."

너는 그렇게 말한 뒤에 다시 총을 쏘았고, 이번에는 풍선

에 명중했지. 풍선에서 공기가 조금씩 빠져나오면서 위니 더 푸는 무사히 땅으로 내려올 수 있었단다.

그런데 푸는 너무 오랫동안 풍선에 매달려 있느라 팔이 뻣뻣하게 굳어버려서 번쩍 올라간 채로 일주일 넘게 내려오질 않았어. 파리가 날아와서 코 위에 앉아도 푸푸 입으로 불어서 쫓을 수밖에 없었지. 그래서 아마, 확실하진 않지만, 이 곰을 푸라고 부르는 것 같아.

***

"그게 끝이에요?"

크리스토퍼 로빈이 물었어요.

"이 이야기는 이게 끝이란다. 다른 이야기가 또 있고."

"푸와 내 이야기요?"

"그리고 피글렛과 래빗과 너희 모두가 등장하는 이야기지. 기억 안 나니?"

"어렴풋이 기억은 나요. 근데 또 기억하려고 애쓰면 기억이 안 나요."

"그날 있잖니. 푸하고 피글렛이 히파럼프*를 잡으려고 했던 날……."

"못 잡지 않았어요?"

"그랬지."

"잡을 수가 없죠. 푸는 머리가 진짜 나빴잖아요. 나는 잡았나요?"

"글쎄다. 이야기를 들어보면 알겠지."

크리스토퍼 로빈은 고개를 끄덕였지요.

"난 정말 다 기억나요. 푸가 기억을 잘 못해서 그렇죠. 푸

* 원서에 등장하는 상상 속 동물 히파럼프(Heffalumps)는 국내에 여러 발음으로 소개되어 있지만, 일반적으로 많이 알려진 디즈니 애니메이션 캐릭터 이름을 차용하였다.

는 그 얘기를 또 듣고 싶대요. 그럼 그냥 기억나는 이야기가 아니라 진짜 이야기가 되는 거잖아요."

"내 말이 바로 그거란다."

크리스토퍼 로빈은 한숨을 푹 쉬더니, 곰의 한쪽 발을 붙잡고 문 쪽으로 걸어갔어요. 푸는 그 뒤로 질질 끌려갔습니다. 크리스토퍼 로빈은 문 앞에서 뒤를 돌아보며 물었어요.

"나 목욕하는 거 보러 오실래요?"

"그럴까?"

"내가 총을 쏴서 푸가 다친 건 아니죠?"

"응. 안 다쳤어."

크리스토퍼 로빈은 고개를 끄덕이고 방을 나갔어요. 그리고 곧바로 소리가 들렸어요. 쿵, 쿵, 쿵. 위니 더 푸가 크리스토퍼 로빈을 따라 계단을 오르는 소리가.

2

푸가 좁은 문에 끼어 버렸어요

친구들 사이에선 위니 더 푸, 또는 그냥 푸라고 불리는 에드워드 베어가 어느 날 숲속을 거닐면서 뿌듯한 듯 콧노래를 흥얼거리고 있었단다. 바로 그날 아침에 거울을 보면서 건강 체조를 하다가 간단하게 부를 수 있는 노래를 하나 만들었거든. 몸을 힘껏 쭉 펴면서 '트랄 랄 라, 트랄 랄 라' 한 다음, 앞발이 뒷발에 닿도록 앞으로 몸을 숙이면서 '트랄 랄 라, 트랄, 아야, 곰, 살려! 랄 라' 하는 식

이었지. 아침을 먹고 나서도 계속해서 부르고 또 부르고 하다 보니 노래를 완전히 다 외우게 돼서, 지금은 한 군데도 틀리지 않고 끝까지 술술 부르고 있었던 거야. 이런 노래였어.

트랄 랄 라, 트랄 랄 라,

트랄 랄 라, 트랄 랄 라,

럼 텀 티들 엄 텀.

티들 이들, 티들 이들,

티들 이들, 티들 이들,

럼 텀 텀 티들 엄.

이렇게 노래를 흥얼거리면서 발걸음도 가볍게 숲길을 따라 걸었지. 머릿속으로는 다른 친구들은 뭘 하고 있을까, 내가 다른 친구가 된다면 기분이 어떨까 하는 생각들을 하면서 말이야. 그렇게 걷는데 눈앞에 불쑥 모래 언덕이 나타났어. 모래 언덕에는 커다란 구멍이 뚫려 있었지.

푸가 흥얼흥얼 노래하면서 말했어.

"아하! 럼 텀 티들 엄 텀! 내가 아는 게 있다면, 구멍이 있는 곳에 래빗이 있다는 거야."

푸는 또 이렇게 말했지.

"래빗이 있다는 건 내 친구가 있다는 뜻이야. 친구가 있다는 건 저 안에서 먹을 것을 나눠 먹고 내 노래를 들려주고 할 수 있다는 거지. 럼 텀 텀 티들 엄."

푸는 쪼그리고 앉아 구멍 안에 머리를 집어넣고는 큰 소리로 외쳤어.

"안에 누구 있니?"

그러자 구멍 안쪽에서 갑자기 후다닥 하는 소리가 들리더니 금방 조용해졌어.

"내가, 안에 누구 있냐고 물었거든!"

푸가 아주 크게 소리쳤어.

"없어!"

안에서 누가 대답했어. 이어서 이런 말도 했지.

"그렇게 소리 지를 필요 없어. 처음부터 다 잘 들렸어."

"뭐야! 여기에 아무도 없는 거야?"

푸가 말했어.

"아무도 없다니까."

위니 더 푸는 구멍에서 머리를 빼고 잠깐 생각했어.

"누가 있는 게 틀림없어. 왜냐면 누군가가 '아무도 없어'라고 말했잖아."

그래서 푸는 다시 머리를 구멍 안으로 들이밀고 말했어.

"저기, 래빗, 거기 너 아니니?"

"아닌데."

래빗이 이번에는 좀 전과 다른 목소리로 대답했어.

"하지만 이건 래빗 목소리 아니야?"

"아니야. 난 래빗 목소리를 내려고 한 게 아니거든."

래빗이 말했어.

"아!"

푸가 말했어.

푸는 구멍에서 머리를 빼낸 다음 한 번 더 생각했어. 그리고 다시 머리를 들이밀었지.

"그럼 래빗이 어디 갔는지 알려줄 수 있니?"

"래빗은 곰돌이 푸라는 친구를 만나러 갔어. 푸는 아주 좋은 친구야."

푸는 깜짝 놀랐어.

"그게 바로 난데!"

"나라니? 나가 누군데?"

"내가 곰돌이 푸라고."

"정말이야?"

이번에는 래빗이 더 깜짝 놀라서 말했어.

"정말이지. 정말, 맞다니까."

"저런, 그래, 그럼 들어와."

그렇게 해서 푸는 구멍 안으로 낑낑대며 몸을 밀고, 밀고, 또 밀어 넣어 간신히 집 안으로 들어갈 수 있었단다.

래빗이 푸를 머리끝에서 발끝까지 살펴보며 말했어.

"네 말이 맞았네. 정말 너구나. 잘 왔어."

"누구인 줄 알았던 거야?"

"누군지 알 수 없었어. 숲이 어떤 곳인지 너도 알잖아. 누군지도 모르고 집에 들이면 안 되지. '조심'하지 않으면 안 돼. 뭐 좀 먹을래?"

푸는 언제나 오전 열한 시쯤 되면 뭘 먹는 걸 좋아했지. 그래서 래빗이 접시랑 머그컵을 꺼내는 걸 보고는 굉장히 기뻤단다.

"빵은 뭘 찍어 먹을래? 꿀? 연유?"

래빗이 물었어.

푸는 너무 들떠서 "둘 다"라고 대답했다가, 식탐을 부리는 것처럼 보일까봐 얼른 이렇게 덧붙여 말했어. "빵은 안 줘도 괜찮아."

그 뒤로 오랫동안 푸는 아무 말도 하지 않았어. 그러다가 마침내 목소리까지 찐득찐득해져서는 콧노래를 흥얼거리면서 일어나더니, 래빗의 앞발을 다정하게 잡고 악수를 하며 이제 그만 가봐야겠다고 말했어.

래빗이 예의를 차리며 물었어.

"벌써 가려고?"

"글쎄, 조금 더 있어도 괜찮긴 한데, 만일 저기…… 그러니까 네가……."

푸는 그렇게 말하면서 식품 창고 쪽을 빤히 쳐다봤어.

래빗이 말했어.

"사실은 나도 곧 나가려고 했었어."

"아, 그래. 그럼, 난 갈게. 잘 있어."

"그래, 잘 가. 정말로 더 안 먹을 거면."

"더 있어?"

푸가 덥석 물었어.

래빗이 접시를 덮어둔 뚜껑들을 들춰보고는 말했지.

"아니, 없는데."

"그럴 줄 알았어."

푸는 알고 있었다는 듯이 고개를 끄덕였어.

"그럼, 안녕. 이젠 정말 가볼게."

푸는 구멍 밖으로 기어올라가기 시작했어. 앞발로 땅을 당기고 뒷발로는 밀고 하면서, 얼마 지나지 않아 푸의 코가 다시 밖으로 나왔지…… 그 다음에는 귀가 나왔고…… 그 다음에는 앞발이 나왔고…… 그 다음에는 어깨가 나왔고…… 그 다음에는…….

"앗, 도와줘! 다시 들어가야 할 것 같아."

“아, 이게 뭐야! 그냥 나가야겠어.”

“둘 다 안 돼! 아, 도와줘. 이게 뭐람!”

푸가 말했어.

그런데 이때쯤 래빗도 산책을 하러 밖에 나가려고 했는데, 입구가 꽉 막혀 있는 걸 보고는 뒷문으로 집에서 나왔어. 그리고 입구 쪽으로 빙 돌아와서는 푸를 빤히 쳐다보았지.

“몸이 낀 거야?”

“아, 아냐. 그냥 쉬면서 혼자 생각도 하고 콧노래도 부르고 하는 중이야.”

푸는 대수롭지 않다는 듯 대답했어.

"자, 발을 이리 줘봐."

곰돌이 푸가 발 하나를 내밀자 래빗은 발을 붙잡고 힘껏 끌어당기고 또 당겼어…….

"아야! 아파!"

푸가 울상을 지었어.

래빗이 말했어.

"낀 게 맞잖아."

푸는 심통이 났어.

"이게 다 입구가 너무 작아서 그런 거잖아!"

래빗이 따끔하게 말했지.

"이게 다 너무 많이 먹어서 그런 거야. 아까도 그렇다고 생각만 하고 아무 말 안 했지만, 우리 둘 중에 하나가 너무 많이 먹긴 했지. 그런데 그 하나가 난 아니었거든. 글쎄, 어쨌든 가서 크리스토퍼 로빈을 불러와야겠어."

크리스토퍼 로빈은 숲 맞은편에 살았어. 크리스토퍼 로빈이 래빗과 함께 왔을 때 푸는 여전히 굴 밖으로 몸을 반쯤 내밀고 있었지.

"바보 곰돌이."

크리스토퍼 로빈이 푸에게 건네는 목소리가 어찌나 다정

한지, 모두가 내심 느꼈던 불안감이 말끔히 사라지는 것 같았어.

푸가 코를 가볍게 훌쩍거리면서 말했어.

"방금 있잖아. 래빗이 앞으로 이 입구를 쓰지 못하게 되면 어떡하나 걱정하고 있었어. 그건 정말 싫은데."

"나도 싫거든."

래빗도 말했어.

크리스토퍼 로빈이 말했어.

"입구 말이야? 당연히 앞으로도 쓸 수 있지."

"다행이야."

래빗이 말했어.

"그런데, 푸, 만약에 너를 밖으로 빼내기 어려우면 다시 안으로 밀어 넣어야 할 것 같아."

래빗은 골똘히 생각에 잠겨 콧수염을 어루만지면서 이런 말들을 늘어놓았어. 푸를 안으로 밀어 넣고 자기도 집으로 돌아가면, 물론 푸를 만난 걸 자기보다 기뻐할 친구는 없겠지만, 그래도 그게 그런 게, 누구는 나무에 살고 누구는 땅속에 살도록 다 정해진 이치가 있고, 또…….

"그럼 나는 영영 나갈 수 없다는 뜻이야?"

푸가 물었어.

래빗이 대답했지.

"그러니까 내 말은, 기껏 이만큼이나 나왔는데 그걸 다시 넣기는 아까워 보인다는 얘기지."

크리스토퍼 로빈은 고개를 끄덕였어.

"그럼 방법은 하나야. 네가 다시 날씬해질 때까지 기다리는 수밖에 없어."

"얼마나 기다려야 날씬해지는데?"

푸는 걱정스레 물었어.

"한 일주일이면 될 거야."

"여기서 어떻게 일주일이나 지내라고!"

"괜찮아. 잘 지낼 수 있어, 바보 곰돌아. 그보다 지금 너를 빼내는 게 훨씬 어려운 걸."

래빗은 신바람이 난 것처럼 말했어.

"우리가 책을 읽어줄게. 눈은 오지 말아야 할 텐데. 그리고 있잖아, 네가 우리 집 공간을 너무 많이 차지하고 있어서 말인데, 혹시 네 뒷다리를 수건걸이로 써도 괜찮을까?

내 말은, 그러니까 어차피 네 뒷다리가 저기 있는데 다른 데 쓸 데도 없고, 그래서 수건을 걸어 두면 아주 편리할 것 같은데."

"일주일이라니!"

푸가 울적하게 말했다.

"밥은 어떻게 먹어?"

크리스토퍼 로빈이 대답했지.

"안됐지만 밥은 안 돼. 빨리 날씬해져야 하니까. 그동안 우리가 책을 읽어줄게."

푸는 한숨을 쉬려고 했는데 그조차도 힘들었어. 몸이 그 정도로 꽉 끼여 있었던 거야. 눈에서 눈물이 한 방울 흘러내렸어.

"그럼 힘이 나는 책을 읽어줄래? 엄청나게 좁은 곳에 꽉

끼여 버린 곰한테 도움이 되고 위로도 되는 책으로 말이야."

그렇게 일주일 동안 크리스토퍼 로빈은 푸의 북쪽 끝에서 책을 읽어주었고, 래빗은 푸의 남쪽 끝에다가 빨래를 널었지……. 그리고 둘 사이에 낀 곰은 몸이 조금씩 홀쭉해지는 걸 느낄 수 있었어. 그렇게 꼭 일주일이 되는 날, 크리스토퍼 로빈이 외쳤지.

"자, 때가 됐어!"

크리스토퍼 로빈은 푸의 앞발을 잡고, 래빗은 크리스토퍼 로빈을 잡고, 래빗의 친구와 친척들은 래빗을 잡고 모두 힘을 합쳐 끌어당겼어…….

한참 동안이나 푸의 입에서는 "아야!" 하는 소리밖에 나지 않았어.

그러다가 "아!" 하더니…….

어느 순간 갑자기 "퐁!" 하고 코르크 병마개 뽑히는 소리가 난 거야.

크리스토퍼 로빈과 래빗과 래빗의 친구와 친척들은 모두 뒤로 나자빠졌는데…… 그 위로 위니 더 푸가 풀썩 떨어졌지. 그래, 빠진 거야!

그렇게 푸는 친구들에게 고개를 끄덕여 고마운 마음을 표하고, 으쓱으쓱 콧노래를 부르며 숲속을 걸어갔단다. 그리고 크리스토퍼 로빈은 그 뒷모습을 사랑스럽게 바라보며 중얼거렸어.

"바보 곰돌이!"

3

푸와 피글렛의 아찔한 모험

피글렛은 너도밤나무 밑동 한가운데 자리한 아주 널찍한 집에서 살았어. 그 너도밤나무는 숲속 한가운데 자라나 있었고, 피글렛은 바로 그 집 한가운데 살았던 거야. 피글렛네 집 옆에는 부서진 나무 푯말이 하나 있었는데, 푯말에는 "트레스패서스 더블유"*라고 적혀 있었어. 크리스토퍼 로빈이 그게 무슨 뜻이냐고 물어봤더니, 피글렛 말이 자기 할아버지 이름인데, 그 이름이 오래전부터 집안 대

* 무단 침입자는 고발한다는 뜻의 'Trespassers will be prosecuted'에서 w 뒷부분이 떨어져나간 것으로 보인다.

대로 이어져 내려왔다는 거야. 크리스토퍼 로빈은 트레스패서스 더블유 같은 이름이 어디 있냐며 믿지 않았고, 피글렛은 이름이 맞다고 대답했어. 그런 이름이 있다고. 왜냐하면 할아버지 이름이 그거니까. 그리고 트레스패서스 더블유는 'Trespassers Will'을 줄여서 부른 거고, 그것도 원래 이름은

'Trespassers William'이었대. 할아버지 이름이 두 개인 이유는 하나를 잃어버릴까봐 그랬다는데, 트레스패서스라는 이름은 할아버지 삼촌 이름에서 딴 거고, 트레스패서스 뒤에 윌리엄을 붙인 거라나.

그 말을 듣던 크리스토퍼 로빈이 무심결에 말했어.

"나도 이름이 두 갠데."

피글렛이 말했지.

"그거 봐. 그런 거라니까. 내 말이 맞잖아."

어느 맑은 겨울날, 집 앞에 쌓인 눈을 쓸어 내던 피글렛이 무심코 고개를 들었는데, 위니 더 푸가 있었어. 푸는 뱅글뱅글 원을 그리며 걷고 있었어. 무슨 생각을 하는지 피글렛이 부르는데도 계속 걷기만 했지.

피글렛이 물었어.

"안녕! 너 지금 뭐 하는 거야?"

푸가 대답했어.

"쫓는 중이야."

"뭘 쫓는데?"

"뭔가를 뒤쫓는 거야."

위니 더 푸는 알쏭달쏭하게 말했어.

피글렛이 푸에게 다가왔어.

"뭘 뒤쫓는다는 거야?"

"내가 묻고 싶은 게 그거야. 나도 너무 궁금해. 도대체 저게 뭘까?"

"넌 뭐라고 대답할 생각인데?"

"그건 잡아봐야 알 수 있을 것 같아."

푸는 자기 앞의 땅바닥을 가리키며 말했어.

"저기 뭐가 보여?"

"발자국. 짐승 발자국인데."

피글렛은 흥분해서 작은 소리로 찍찍거렸어.

"세상에, 푸! 저거 설마 우, 우, 우즐일까?"

"그럴지도 몰라. 그럴 수도 있고, 아닐 수도 있고. 발자국

만 갖고는 확신할 수 없으니까."

알아듣기 힘든 말 몇 마디만 남기고 푸는 발자국을 따라 갔어. 피글렛도 그런 푸의 뒷모습을 쳐다보다가 푸를 쫓아 뛰어갔어. 그런데 위니 더 푸가 갑자기 걸음을 멈추더니 어리둥절한 표정으로 몸을 숙여 발자국을 들여다보았지.

"왜 그래?"

피글렛이 물었어.

"정말 이상한 일이긴 한데, 이제 두 마리가 된 것 같아. 뭔지는 모르겠지만 이 발자국이, 다른 발자국하고 합쳐져서 여기서부터 같이 걷고 있어. 피글렛, 나랑 같이 가줄래? 혹시 이 동물이 사나운 짐승일지도 모르잖아."

피글렛은 딱히 안 될 이유는 없다는 듯이 귀를 긁으면서, 금요일까지 할 일도 없는데 혹시 그 동물이 정말로 우즐 한 마리일지도 모르니 기꺼이 함께 가겠다고 말했지.

"그러니까 그 동물이 우즐 두 마리여도 함께 가겠다는 거잖아."

위니 더 푸가 다짐이라도 받듯이 일러주는데도, 피글렛은 아무튼 금요일까지는 할 일이 없다고만 말했지. 그래서 둘은 함께 길을 나섰단다.

바로 앞에는 낙엽송이 작은 숲처럼 우거져 자란 솔밭이 있었는데, 우즐 두 마리가, 그러니까 그게 우즐 발자국이라면 말이야, 이 솔밭을 끼고 돌아간 듯했어. 그래서 푸와 피글렛도 발자국을 따라 솔밭을 빙 돌아서 걸었어. 걷는 동안 피글렛은 할아버지 이야기를 들려주었어. 사냥이 끝나면 뻣뻣해진 몸을 어떻게 풀었는지, 돌아가실 무렵에는 숨이 가빠지는 증세로 얼마나 힘들어했는지, 그밖에도 이런저런 흥미로운 이야기들이었지. 푸는 할아버지란 어떤 건지 궁금했어. 또 혹시 지금 뒤쫓고 있는 게 할아버지 두 마리는 아닐까, 만일 그렇다면 하나를 집에 데려가서 키워도 될까, 그러면 크리스토퍼 로빈은 뭐라고 할까 하는 생각도 들었단다. 발자국은 여전히 둘 앞으로 계속 이어지고 있었는데…….

갑자기 푸가 멈춰 서더니, 흥분해서는 앞을 가리켰어.

"봐!"

"뭔데?"

피글렛이 펄쩍 뛰었어. 그러고는 자기가 겁이 나서 그런 게 아니었다는 걸 보여주려고, 운동하는 것처럼 한두 번 더 폴짝폴짝 뛰었지.

"근데 발자국 말이야! 원래 두 개였는데 한 마리가 더 늘

어났어!"

"푸! 또 우즐인 것 같아?"

피글렛도 목소리가 커졌어.

"아니야. 왜냐하면 이건 발자국 모양이 다르거든. 어쩌면 우즐 두 마리하고 위즐 한 마리가 만났거나, 이 세 번째 발자국이 우즐이라면 위즐 두 마리하고 우즐 한 마리가 만난 거야. 우리가 계속 따라가 보자."

그렇게 둘은 다시 걸었지만 이제는 조금 걱정이 되기 시작했어. 앞에 가는 동물 세 마리가 사나운 짐승인지도 모르는 거잖아. 피글렛은 할아버지가 그곳에 함께 있다면 얼마나 좋을까 간절히 바랐어. 푸는 지금 여기서 아주 우연히 크리스토퍼 로빈을 딱 마주치면 참 좋겠다고 생각했지. 자기는 단지 크리스토퍼 로빈을 그만큼 좋아하기 때문에 그런 생각을 하는 거라고 말하면서 말이야. 그런 생각을 하던 위니 더 푸는 또다시 갑자기 걸음을 멈추었어. 그리고 마음을 진정시키려는 듯 코끝을 핥았지. 여태까지 살면서 이렇게 속이 타고 불안했던 적이 없었던 거야. 앞에 가던 동물이 이젠 네 마리가 됐거든!

"보이니, 피글렛? 저 발자국들 좀 봐! 셋은, 그러니까 저게 우즐이라고 하면, 하나는, 그러니까 위즐이야. 우즐이 한 마리 더 늘어났어!"

정말 그런 것 같았어. 발자국들을 보니 여기서는 서로 엇갈려 있었고 저기서는 마구 뒤섞이고 겹쳐지고 했지만, 발자국 네 쌍이 지나간 흔적은 곳곳에 또렷이 남아 있었어.

"나 있잖아."

피글렛도 코끝을 핥아보았는데 마음이 진정되거나 하지는 않았단다.

"나 방금 뭐가 기억난 것 같아. 지금 막 생각이 났는데, 어제 깜박 잊고 못한 일이 있었어. 내일은 할 수 없는 일이거든. 그래서 말인데, 난 이만 가봐야겠어."

"이따가 오후에 하면 돼. 나하고 같이 가."

푸가 말하자 피글렛이 얼른 둘러댔어.

"오후에 할 수 있는 그런 일이 아니야. 그건 꼭 아침에만 할 수 있고, 아침에 해야 하고, 또 그게 몇 시에 해야 하는 일이냐면…… 지금 몇 시지?"

위니 더 푸는 해를 보면서 대답했어.

"열두 시쯤."

"내가 아까도 말했듯이 그 일은 열두 시에서 열두 시 오분 사이에 해야 돼. 그래서 말인데, 정말이지, 내 친구 푸야, 미안하지만 난…… 저게 뭐지?"

푸는 하늘을 쳐다봤어. 그러자 또다시 휘파람 소리가 들리는 거야. 그 소리를 듣고 커다란 떡갈나무 가지들 사이를 올려다보니, 그곳에 친구가 앉아 있었어.

"크리스토퍼 로빈이다."

"아, 그럼 너 괜찮겠다. 크리스토퍼 로빈이 같이 있으니까 아무 일 없을 거야. 안녕."

피글렛은 자기가 낼 수 있는 가장 빠른 속도로 집을 향해 총총 뛰어갔어. 모든 위험에서 벗어나게 된 걸 굉장히 기뻐하면서 말이지.

크리스토퍼 로빈은 천천히 나무에서 내려와서 말했어.

"바보 곰돌이. 너 뭘 하고 있었던 거야? 처음에는 솔밭을

혼자 두 바퀴나 돌더니, 그 다음에는 피글렛이 따라와서 둘이 같이 돌고, 그러고는 방금 또 네 바퀴째 돌려고……."

"잠깐만."

위니 더 푸가 앞발을 들었어.

푸는 바닥에 앉아서 생각했지. 쓸 수 있는 머리는 다 써서 생각했어. 그러고는 발자국 하나에 자기 발을 맞춰 보고…… 코를 두 번 긁적긁적한 다음 일어섰어.

"그랬구나. 이제 알겠어."

위니 더 푸가 말했어.

"이런! 내가 멍청했어. 깜박 속았네. 난 머리가 진짜 나쁜 곰인가 봐."

"너는 세상에서 최고로 멋진 곰이야."

크리스토퍼 로빈은 푸를 달래주었단다.

"내가?"

푸가 기대에 잔뜩 부푼 얼굴로 물었어. 그러면서 갑자기 얼굴이 환해졌지.

"어쨌든, 점심시간이 다 됐네."

그래서 푸는 점심을 먹으러 집으로 갔단다.

4

이요르의 꼬리가 없어졌어요

늙은 회색 당나귀 이요르는 엉겅퀴가 무성한 숲속 외딴 구석에 혼자 서 있었어.

앞발을 널찍이 벌리고 고개를 갸우뚱 기울이고는 이런저런 생각에 빠져들었지. 어떤 때는 슬퍼하며 "왜?" 하는 생각도 하고, 때로는 "뭣 때문에?" 하고 생각하기도 하고, 가끔은 "어떤 점에서?" 같은 생각도 했어. 이따금 자기가 무슨 생각을 하는 건지 잘 모를 때도 있었고. 그래서 위니 더 푸가 터벅터벅 걸어왔을 때 이요르는 무척 반가웠단다. 우울한 목소리로 "잘 있었어?" 하고 인사를 하면 잠시나마 생각을 멈

출 수가 있으니까.

"너도 안녕하지?"

위니 더 푸도 인사했어.

이요르는 양옆으로 고개를 저었어.

"아니, 별로. 오랫동안 안녕하지 못했어."

"저런, 저런. 안됐다. 어디 한번 봐봐."

그래서 이요르는 슬픈 얼굴로 가만히 땅만 내려다보며 서 있었고, 푸는 이요르 주위를 한 바퀴 빙 돌았어.

"아니, 네 꼬리는 어떻게 된 거야?"

푸가 깜짝 놀라서 묻자 이요르가 되물었어.

"내 꼬리가 어떻게 됐는데?"

"없어!"

"확실히 본 거야?"

"저기, 꼬리라는 게 원래 있거나 아니면 없는 거잖아. 이건 헷갈릴 수가 없는데. 넌 지금 확실히 꼬리가 없어!"

"꼬리가 없으면 뭐가 있는데?"

"아무것도 없어."

"어디 봐봐."

이요르는 얼마 전까지 꼬리가 달려 있던 곳을 향해 느릿느릿 몸을 돌렸어. 하지만 그렇게는 엉덩이를 볼 수 없다는 걸 깨닫고 반대쪽으로 돌기 시작했는데, 결국에는 원래 서

있던 자리로 돌아오고 말았지. 그래서 이번에는 고개를 숙여 앞다리 사이로 꼬리가 있던 자리를 들여다보았어. 그러다가 마침내는 서글픈 한숨을 푹 내쉬었어.

"네 말이 맞는 것 같아."

"그래, 맞다니까."

이요르는 우울하게 말했어.

"그렇다면 많은 게 풀리네. 다 알 것 같아. 놀랄 일도 아니었어."

"어딘가에 두고 온 걸 거야."

위니 더 푸가 말했어.

"누가 훔쳐간 게 틀림없어."

그러고 나서 이요르는 한참 있다가 이렇게 덧붙였어.

"그들다워."

푸는 이요르에게 뭔가 도움이 되는 말을 해주려고 했는데, 그런 말이 뭐가 있는지 잘 모르겠는 거야. 그래서 말 대신 도움이 되는 일을 해주기로 마음먹고, 비장한 목소리로 말했어.

"이요르, 나 위니 더 푸가 네 꼬리를 찾아줄게."

"정말 고마워, 푸. 너는 진정한 친구야. 다른 녀석들하고는 다르지."

그래서 위니 더 푸는 이요르의 꼬리를 찾으러 길을 나섰어.

푸가 길을 나선 건 숲속에 봄기운이 감도는 어느 화창한 날 아침이었단다. 작고 보드라운 구름들은 파란 하늘에서 즐거운 장난을 치는 것만 같았어. 해를 감추려는 것처럼 이따금씩 앞을 막아섰다가 휙 흘러가버리고, 그러면 또 다른 구름이 그 자리를 넘겨받고는 했지. 하지만 구름이 막아설 때나 비켜설 때나 해는 힘차게 빛을 비추었어. 일 년 내내 전나무 옷을 입고 있던 잡목림이 낡고 초라해보일 만큼, 옆자리 너도밤나무들이 차려입은 연둣빛 신록은 곱고 예뻤단다. 잡목림과 솔밭을 지나 푸는 씩씩하게 걸었어. 가시금작화와 히스가 만발한 탁 트인 비탈길을 내려가서, 바닥이 돌로 울퉁불퉁한 개울을 건너고, 가파른 사암 언덕을 올라가 다시 히스가 무성한 들판에 다다랐지. 그리고 마침내 지치고 배고픈 채로 푸는 100에이커 숲에 도착했어. 여기 이 숲에 바로 아울이 살고 있었거든.

푸는 혼자 중얼거렸어.

"아울이 제일 똑똑해. 그게 아니면 내 이름이 위니 더 푸가 아니야. 그런데 내 이름은 위니 더 푸잖아. 그렇다면 내 말이 맞는 거지."

아울은 예스러운 멋이 물씬 풍겨나는 밤나무 저택에 살았는데, 그곳은 다른 누구네 집보다 더 웅장했어. 적어도 푸한테는 그렇게 보였지. 왜냐하면 그 저택 대문에는 노크할 때 문을 두드리는 문고리도 있고, 줄을 잡아당겨서 소리를 내는 종도 있었거든. 문고리 아래에는 이런 안내문이 붙어 있었어.

볼이리 잇스면 종을 울리새요

종 당기는 줄 밑에는 이런 안내문이 적혀 있었지.

볼피료 업스면 녹크를 하새요

이 안내문들을 써준 사람은 크리스토퍼 로빈이었어. 숲에서 맞춤법을 아는 친구는 크리스토퍼 로빈밖에 없었거든. 아울은 다방면에 지혜가 많았고, 글을 읽고 쓸 줄 알아서 자기 이름도 '우알'이라고 적을 정도는 됐지. 그런데 왠지 '홍역'이나 '버터 바른 토스트'같이 복잡하거나 긴 글자만 보면 맥을 못 추고 갈팡질팡했거든.

위니 더 푸는 두 안내문을 아주 차근차근 읽었어. 먼저 왼쪽에서 오른쪽으로 읽고, 그다음에는 빠뜨린 글자가 있을지도 모르니까 오른쪽에서 왼쪽으로도 읽었지. 그런 뒤에 그래도 실수가 있으면 안 된다는 생각에 문고리를 두드린 다음 줄을 잡아당기고, 다시 줄을 잡아당긴 다음 문고리를 두

PLES RING
IF AN RNSER
IS REQIRD
PLEZ CNOKE
IF AN RNSR
IS NOT REQID

드렸어. 그러고는 아주 크게 소리쳐 불렀어.

"아울! 볼일이 있어! 나 푸야!"

그러자 문이 열리고 아울이 밖을 내다보았지.

"안녕, 푸. 어떻게 지내?"

"슬프고 괴로워. 왜냐하면 이요르가, 내 친구 이요르 말이야, 꼬리를 잃어버렸어. 그래서 우울해하고 있어. 그래서 말인데, 어떻게 하면 이요르에게 꼬리를 찾아줄 수 있는지 가르쳐줄래?"

"이런 경우에 따라야 할 관례적인 절차가 있지."

"관내 뭐? 전차? 그게 무슨 말이야? 나는 머리가 나쁜 곰이라서 긴 말을 들으면 머리가 아프거든."

PLEZ CNOKE
IF AN RNSR
IS NOT REQID

"해야 할 일이란 뜻이야."

"그런 뜻이라면 마음 쓰지 않아도 돼."

푸가 공손한 말투로 말했어.

"이럴 때 해야 할 일은 다음과 같아. 첫째, 현상금을 내걸어야* 해. 그런 다음……."

"잠깐만."

푸가 앞발을 들며 아울의 말을 막았어.

"이럴 때 해야 할 일이 뭐라고? 뭐라고 한 거야? 네가 재채기를 하는 바람에 못 들었어."

"재채기 안 했는데?"

"아니야. 너 재채기했어, 아울."

"미안한데, 푸, 난 재채기를 하지 않았어. 재채기를 했다면 내가 모를 리 없잖아."

"그게, 들은 건 나니까 넌 모르지."

"아까 했던 말은, 현상금을 내걸어야 한다는 거였어."

"이것 봐, 너 방금 또 재채기했잖아."

푸는 답답하다는 듯이 말했어.

* 아울은 '현상금을 내걸다'는 뜻으로 'issue'라는 단어를 발음했는데, 푸는 아울이 "에취" 하고 재채기를 한 것으로 잘못 알아듣고 있다.

“현상금을 내걸어야 한다고!”

아울이 버럭 소리를 질렀어.

“벽보에다가 이요르의 꼬리를 찾아주는 동물한테 뭔가 큰 걸 준다고 써서 붙이라는 거야.”

“아, 알겠어. 이제 알겠어.”

푸가 고개를 끄덕였어.

“뭔가 큰 걸 말하는 거구나.”

그러더니 꿈이라도 꾸는 듯한 얼굴로 말했어.

“나는 이맘때쯤 뭔가 간단한 걸 먹는데⋯⋯ 그러니까 아침마다 지금쯤 말이야.”

그렇게 말하면서 푸는 아울의 응접실 구석에 놓인 찬장을 간절한 눈으로 바라보았어.

“연유인가 그거 딱 한 입만 먹고 싶다. 꿀은 맛만 조금 봐도 좋을 텐데⋯⋯.”

“자, 그러면, 벽보에 써서 숲 곳곳에다 붙이는 거야.”

아울이 말했지만 곰은 혼자 중얼거렸어.

“꿀 조금만⋯⋯ 아니면⋯⋯ 안 되면 어쩔 수 없지만.”

푸는 한숨을 푹 쉬고는 아울이 하는 말들을 잘 들어보려고 애썼지만 좀처럼 귀에 들어오지 않았어.

게다가 아울은 점점 더 길고 복잡한 말들을 써 가며 끝없이 떠들어 대고 있었단다. 그러더니 결국 처음 했던 말로 돌아가서, 이 벽보는 크리스토퍼 로빈이 써줄 거라고 말했지.

"우리 집 대문에 있는 안내문도 크리스토퍼 로빈이 써준 거야. 안내문 봤어, 푸?"

한참 전부터 푸는 아울이 무슨 말을 하든 '응' 하고 '아니'라는 대답만 번갈아 하고 있었단다. 눈까지 감고서 말이야. 방금 전에 "응, 맞아"라고 대답을 했던 터라, 푸는 이번엔 "아니, 전혀" 하고 대답했어. 사실은 아울이 뭐라고 했는지도 모르면서 말이야.

"못 봤다고? 지금 가서 보자."

아울은 조금 뜻밖이라는 듯 말했어.

둘은 밖으로 나갔어. 푸는 문고리와 그 밑에 붙은 안내문을 한 번 보고, 그 다음 종을 당기는 줄과 그 아래 붙은 안내문을 한 번 봤어. 그런데 종을 당기는 줄을 보면 볼수록 자꾸만 전에 어디선가 그와 비슷한 걸 본 적이 있는 것 같은 거야.

아울이 말했어.

"줄이 근사하지?"

푸는 고개를 끄덕였어.

"이걸 보니까 뭔가 생각나는데. 그런데 그게 뭔지 모르겠어. 이 줄 어디서 났어?"

"그냥 숲에서 우연히 발견했어. 이게 덤불에 걸려 있었거든. 처음에는 거기에 누가 사는 줄 알고 줄을 흔들었는데 아무런 대답이 없더라고. 다시 있는 힘껏 줄을 흔들었더니 이게 내 손에 뚝 떨어진 거야. 누가 찾는 물건도 아닌 것 같아서 내가 집으로 가져왔어. 그리고는……."

"아울."

푸가 침통하게 말했어.

"네가 잘못 알았어. 누가 이걸 정말 찾았거든."

"그게 누군데?"

"이요르. 내 소중한 친구 이요르 말이야. 이요르는, 이요르는 그걸 아주 좋아했거든."

"좋아했다고?"

"한시도 빼놓지 않고 늘 붙어 다녔거든."

위니 더 푸는 슬픈 목소리로 말했어. 그러고는 종에 묶여 있던 줄을 풀어 이요르에게 가져다주었단다.

크리스토퍼 로빈이 와서 꼬리를 원래 있던 자리에 못 박아 주자, 이요르는 너무 기뻐서 꼬리를 휙휙 흔들면서 숲속을 껑

충껑충 뛰어다녔지.

덩달아 신난 푸였지만 얼른 집으로 뛰어가야만 했어. 간단히 뭘 좀 먹고 기운을 차리려고 말이야. 삼십 분쯤 지난 뒤에 푸는 입을 닦으면서, 의기양양하게 이렇게 노래를 불렀지.

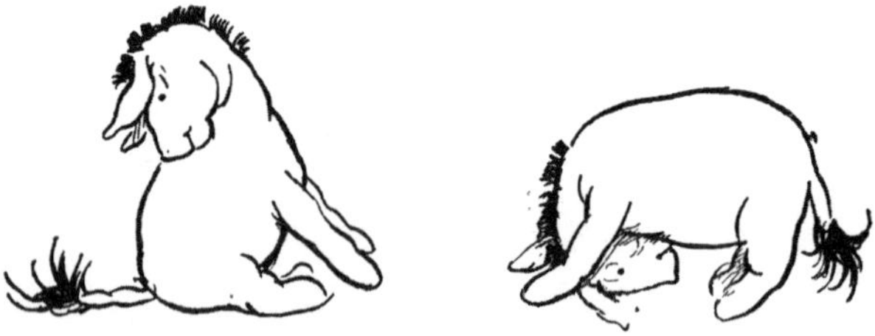

누가 꼬리를 찾았지?

“내가.”

푸가 말했어.

“두 시 십오 분 전이었지.

(사실 열한 시 십오 분 전이었지만)

내가 꼬리를 찾았어!”

5

히파럼프를 만난 피글렛

어느 날 크리스토퍼 로빈, 위니 더 푸, 피글렛이 이야기를 나누고 있었어. 크리스토퍼 로빈이 먹던 음식을 다 삼키고 나서 대수롭지 않게 이렇게 말했어.

"피글렛, 나 오늘 히파럼프 봤다."

"히파럼프가 뭘 하고 있었는데?"

피글렛이 물었어.

"그냥 뛰어가고 있던데. 나를 보진 못한 것 같아."

피글렛은 말했어.

"나도 전에 한 번 봤어. 어쨌든 내 생각에는 그날 본 게 맞는 거 같아. 어쩌면 아니었을지도 모르고."

"나도 봤어."

푸는 그렇게 말하면서도, 히파럼프란 어떻게 생겼을까 궁금했어.

"그렇게 자주 보긴 힘든데."

크리스토퍼 로빈이 별 생각 없이 말했어.

"요새 본 건 아니야."

피글렛이 말했어.

푸도 말했어.

"이맘때 본 건 아니야."

그러고 나서 셋이 다른 이야기를 나누다가 집으로 돌아갈 시간이 되었어. 푸와 피글렛은 함께 걸어갔어. 처음에는 숲 가장자리로 난 오솔길을 터벅터벅 걷기만 하고 둘 다 말을 많이 하진 않았어. 하지만 개울가에 이르러 서로 도와가며 징검다리를 건넌 뒤에 히스 들판에서 다시 나란히 걸을 수 있게 되자, 피글렛이 이렇게 말했지.

"아까 내가 왜 그렇게 말했는지 푸 네가 알면 좋을 텐데."

푸도 말했어.

"피글렛, 나도 방금 그 생각을 하고 있었어."

그러자 피글렛이 말했지.

"그렇지만 푸, 우린 그래도 꼭 기억을 하고 있어야 돼."

그 말을 듣고 푸가 말했어.

"네 말이 맞아, 피글렛. 아까는 그걸 잠깐 깜박했지 뭐야."

그러다가 소나무 여섯 그루가 솟아 있는 곳을 지나려던 때였어. 푸가 누가 몰래 듣고 있을까봐 주변을 두리번거리더니, 아주 비장한 목소리로 말했어.

"피글렛, 나 결심했어."

"무슨 결심을 했는데, 푸?"

"히파럼프를 잡을 결심."

푸는 이렇게 말하면서 고개를 세 번, 네 번 끄덕였어. 그리고 피글렛이 "어떻게 잡으려고?" 하고 묻거나, "푸, 넌 못할 거야!"라거나 뭐라도 도움이 될 만한 말을 할 거라고 생각하고 기다렸어. 하지만 피글렛은 아무 말이 없었지. 사실 피글렛은 히파럼프를 잡을 생각을 내가 먼저 했더라면 얼마나 좋았을까 하며 아쉬워하고 있었어.

푸는 피글렛이 무슨 말이라도 할까 하고 조금 더 기다리다가 먼저 이렇게 말했어.

"어떻게 잡을 거냐면, 함정을 팔 거야. 그건 꼭 감쪽같은 함정이어야 해. 그래서 네가 도와줘야 할 것 같아, 피글렛."

"푸, 내가 도와줄게."

피글렛은 다시 기분이 아주 좋아졌어.

"우리가 어떻게 하면 되는데?"

피글렛이 묻자 푸가 대답했어.

"바로 그게 문제야. 어떻게 하지?"

둘은 자리에 앉아서 머리를 맞대고 방법을 궁리했단다.

푸가 맨 처음 내놓은 의견은 엄청나게 깊은 구덩이를 파자는 거였어. 구덩이를 파 놓으면 히파럼프가 와서 구덩이에 빠질 거고, 그러면…….

"왜?"

피글렛이 물었어.

"뭐가 왜야?"

푸가 되물었지.

"히파럼프가 거기 왜 빠지는데?"

푸는 앞발로 코를 문지르면서, 히파럼프가 길을 따라 걷다보면 콧노래도 흥얼거리다가 비가 오려나 궁금해서 하늘도 쳐다보다가 할지 모르니까, 그럼 엄청나게 깊은 구덩이를 보지 못할 테고, 엄청나게 깊은 구덩이가 있다는 건 떨어지는 중에야 알게 될 테니 그때는 이미 돌이킬 수 없을 거라고 말했어.

피글렛이 물었지. 정말로 감쪽같은 함정이긴 한데, 만약 이미 비가 내리고 있다면 어떻게 할 거냐고 말이야.

푸는 다시 코를 문지르더니, 그건 생각 안 해봤다고 말했어. 그러다가 금방 얼굴이 환해져서는 대답했지. 비가 이미 내리고 있다면, 히파럼프는 하늘을 쳐다보면서 언제 날이 개려나 궁금해할 거고, 그럼 엄청나게 깊은 구덩이를 보지 못할 테고, 엄청나게 깊은 구덩이가 있다는 건 떨어지는 중에야 알게 될 테니…… 그때는 이미 돌이킬 수 없을 거라고 말했지.

피글렛은 그제서야 감쪽같은 함정이라고 말해줬어.

푸는 그 말을 듣고 아주 으쓱해졌어. 히파럼프도 잡힌 거나 다름없다고 생각했지. 하지만 생각해야 할 문제가 아직 남아 있었어. 그건 '엄청나게 깊은 구덩이를 어디에 팔 것인가' 하는 문제였어.

피글렛은 히파럼프가 딱 한 발짝만 내디뎌도 떨어질 만한 곳이 가장 좋다고 말했어.

"그러면 우리가 구덩이를 파는 걸 히파럼프가 볼 거야."

푸가 말했어.

"하늘을 쳐다보고 있으면 모를 거야."

"의심은 할 거야. 혹시 어쩌다가 아래를 보면 어떡해."

푸는 한참 동안 생각하다가 슬픈 목소리로 말했어.

"쉬울 것 같았는데 아니네. 그래서 그동안 히파럼프가 좀처럼 잡히지 않았나봐."

"그런가 봐."

피글렛이 말했어.

둘은 한숨을 쉬면서 일어났어. 그리고 몸에 붙은 가시금작화 가시 몇 개를 털어내고는 다시 바닥에 앉았어. 그러면서 푸는 계속 혼잣말처럼 중얼거렸어.

"뭔가 떠오르기라도 하면 좋을 텐데!"

머리가 아주 똑똑하면 방법만 제대로 알아내서 틀림없이 히파럼프를 잡을 수 있을 거라고 생각했거든.

푸는 피글렛에게 말했어.

"만약 네가 나를 잡고 싶다면 넌 어떻게 할 것 같아?"

"음, 난 이렇게 할래. 함정을 만든 다음 그 안에 꿀단지를 넣어 두는 거야. 그럼 네가 냄새를 맡을 테고, 꿀을 가지러 함정에 들어가겠지. 그러면……."

"내가 꿀을 가지러 함정에 들어가겠지."

푸가 흥분한 목소리로 말했어.

"물론 다치지 않게 아주 조심조심 들어갈 거야. 그리고 꿀단지가 있는 데로 가서 마치 꿀이 더 이상 남아 있지 않은 척 꿀단지 가장자리 둘레를 한 바퀴 쭉 핥을 거야. 그러고는 저만치 뒤로 물러나서 잠깐 생각을 해볼 거야. 그러다가 다시 돌아가서 단지에 들어 있는 꿀을 한가운데부터 먹기 시작하겠지. 그 다음엔……."

"그래, 그 다음은 걱정할 거 없어. 네가 거기 있으니까 내가 잡으면 되지. 이제부터는 히파럼프가 좋아하는 게 뭔지 생각해야 돼. 도토리 아닐까? 도토리를 많이 모으려면…… 저기, 일어나, 푸!"

달콤한 상상의 나라에 빠져들어 있던 푸가 화들짝 놀라며 정신을 차리더니, 꿀이 꾸토리*보다 훨씬 걸려들기 좋다고 하는 거야. 피글렛은 그렇게 생각하지 않았기 때문에 둘은 말다툼을 벌일 뻔했어. 그런데 그때 피글렛에게 한 가지 생각이 떠올랐어. 함정에 도토리를 놓기로 하면 자기가 도토리를 구해 와야 하지만, 꿀을 놓기로 하면 푸가 갖고 있던 꿀을 조금 내어놓으면 된다는 거였지.

"좋아, 그럼 꿀로 하자."

마침 그때 푸도 똑같은 생각을 하고는 "좋아, 꾸토리로 하자"라고 말하려던 참이었단다.

"꿀이 좋겠어."

피글렛은 아주 좋은 생각이라고 중얼거렸어. 마치 이제 다 결정이 난 것처럼 말이야.

"내가 구덩이를 파고 있을게. 너는 가서 꿀을 가져와."

"그러지 뭐."

* 영어로는 Haycorn, 꿀을 좋아하는 푸가 도토리(acorn)를 말할 때 쓰는 표현이다. 푸는 계속 꿀 생각을 하고 있다가 도토리를 '꾸토리'라고 말하고 있다.

푸는 그렇게 말하고 터벅터벅 걸어갔단다.

집에 도착하자마자 푸는 식품 창고로 갔어. 의자를 가져다놓고 올라서서 제일 높은 찬장 선반에서 아주 큰 꿀단지 하나를 꺼냈지. 단지에 '꾸울'이라고 적혀 있긴 했지만 푸는 꿀이 맞는지 그냥 확인만 해보려고 종이 덮개를 벗겼어. 보기에도 딱 꿀 같았어.

"꿀이 정말 맞을까?"

푸가 말했어.

"색깔이 꼭 이런 치즈도 있다고 전에 삼촌이 말했었잖아."

그래서 푸는 단지 속에 혀를 넣고 듬뿍 핥아 올렸어.

“맞아. 꿀이네. 확실해. 바닥까지 전부 다 꿀이겠지. 설마 누가 장난으로 바닥에 치즈를 깔아놓지는 않았겠지. 혹시 모르니까 ‘조금만’ 더 맛을 보는 게 좋겠어…… 만약에 어쩌면…… 어쩌면 히파럼프가 치즈를 좋아하지 않을지도 모르잖아…… 나처럼…… 아!”

푸는 한숨을 푹 내쉬었어.

“내 생각이 맞았어. 이건 꿀이 맞아. 단지 밑바닥까지 다 꿀이야.”

그제야 꿀이라는 걸 확신한 푸는 단지를 들고 피글렛에게 돌아갔어.

피글렛은 엄청 깊은 구덩이 바닥에서 위를 올려다봤어.

“가져왔어?”

피글렛이 물었어.

“응, 그런데 꿀이 그렇게 가득 차 있지는 않아”

푸가 대답하고 나서 단지를 피글렛에게 던졌어.

"정말 별로 없잖아! 남은 게 이게 다야?"

피글렛이 물었어.

"응."

푸가 대답했어. 그게 사실이었거든. 그래서 피글렛은 그 단지를 바닥에 내려놓고 구덩이를 올라와 밖으로 나왔고, 둘은 함께 집으로 돌아갔어.

"그럼, 잘 자, 푸."

푸네 집 앞에 도착해서 피글렛이 말했어.

"내일 아침 여섯 시에 여섯 그루 소나무 앞에서 만나서 히파럼프가 함정에 몇 마리나 빠졌는지 보자."

"여섯 시 알았어, 피글렛. 그런데 너 끈 같은 거 있어?"

"아니. 끈은 왜?"

"히파럼프를 집으로 데려오려고."

"아!…… 난 네가 휘파람을 불면 히파럼프들이 따라올 것 같은데."

"따라오는 것도 있고, 안 따라오는 것도 있어. 히파럼프가 어떤 반응을 보일지는 아무도 알 수가 없거든. 그럼, 잘 가!"

"잘 있어!"

피글렛은 푯말에 '트레스패서스 더블유'라고 적힌 자기

집을 향해 총총총 돌아갔고, 푸는 잠자리에 들 준비를 했어.

몇 시간이 지나 밤이 살금살금 물러가기 시작할 즈음, 푸는 갑자기 가슴이 철렁하는 기분에 잠에서 깨어났어. 그런 기분은 전에도 느껴본 적이 있어서 푸는 그게 무슨 일인지 알고 있었지. 배가 고프다는 신호였던 거야. 그래서 푸는 식품 창고로 갔고, 의자 위에 올라서서 제일 높은 선반 위로 앞발을 뻗어 더듬었는데…… 어쩐 일인지 아무것도 없었어.

"이상하네. 여기에 분명 꿀단지가 있었는데…… 꿀이 가득 든 단지를 바로 저기 맨 위에 올려놓고, 나중에 알아볼 수 있게 '꾸울'이라고 써 놓기까지 했는데. 정말 이상하네."

푸는 의자를 오르락내리락하며 꿀이 어디 있는지 생각하기 시작했어. 이렇게 중얼거리면서 말이야.

너무 너무 이상해.
나한테 꿀이 있었는데.
이름표도 달아놨는데.
꾸울이라고 말이야.

기가 막히게 맛있는 꿀이 가득 찬 항아리였지.

그런데 어디에 있는지 모르겠어.
아니, 어디로 가버렸는지 모르겠어.
이거 참, 이상하네.

이렇게 노래 부르듯 세 번 정도 중얼거렸을 때, 푸는 문득 모든 기억이 떠올랐어. 히파럼프를 잡으려고 감쪽같은 함정을 파고 그 안에 꿀단지를 넣어두었다는 사실을 말이야.

"이게 뭐람!"

푸가 말했어.

"이게 다 히파럼프한테 너무 잘해주려고 해서 그런 거야."

푸는 다시 잠자리로 돌아갔어.

하지만 잠이 오지 않았단다. 자려고 하면 할수록 눈은 더 말똥말똥해졌어. 푸는 양 백 마리 세기를 해보았어. 어떤 때는 그렇게 하면 잠이 잘 왔거든. 하지만 이번에는 아무런 소용이 없었어. 그래서 푸는 양 대신 히파럼프를 백 마리까지 세어보기로 했어. 그런데 괜한 일을 했던 거지. 히파럼프를 하나, 둘 셀 때마다 히파럼프들이 꿀단지로 달려가서 꿀을 몽땅 먹어치우는 장면만 머릿속에 떠올랐거든. 몇 분 동안은 끙끙 속앓이만 하면서 누워 있었는데, 오백팔십칠 번째

히파럼프가 입맛을 다시면서 이렇게 말하는 거야.

"이 꿀 정말 맛있다. 이렇게 맛 좋은 꿀은 처음인 걸."

푸는 더 이상 참기가 힘들어서 침대를 박차고 일어났어. 집을 뛰쳐나온 푸는 그대로 여섯 그루 소나무가 있는 곳까지 뛰어갔지.

해는 아직 잠자리에 들어 있었지만, 이제 곧 잠에서 깨어나 이불을 걷어차고 솟아날 것처럼 100에이커 숲 너머 하늘은 어슴푸레 밝아오고 있었단다. 어스름한 빛 사이로 소나무들은 춥고 외로워 보였고, 엄청나게 깊은 구덩이는 유난

히 더 깊어 보였어. 바닥에 놓아두었던 푸의 꿀단지는 형체만 어렴풋이 드러나 뭔가 비밀에 싸인 물건 같았어. 하지만 가까이 다가갈수록 코는 꿀 냄새를 맡고는 벌렁벌렁거렸고, 혀는 벌써부터 입가를 훔치며 꿀을 마중 나와 있었지.

푸는 단지 안에 코를 들이밀었어.

"이게 뭐야! 히파럼프가 다 먹어 버렸잖아!"

그러고는 잠깐 생각한 다음 말했지.

"아참, 아니지, 내가 먹었지. 깜

박했네."

사실 푸는 이미 꿀을 거의 다 먹어버렸던 거야. 그래도 단지 밑바닥에 꿀이 조금 남아 있었기 때문에, 푸는 단지 안으로 머리를 밀어 넣고 핥아먹기 시작했어…….

이윽고 피글렛이 잠에서 깨어나 눈을 뜨자마자 말했어.

"아!"

피글렛은 용기를 내어 말했지.

"그래."

그러고는 조금 더 용기를 내어 말했어.

"가야지."

하지만 피글렛은 쉽게 용기가 나지 않았어. 머릿속을 어지럽게 돌아다니고 있던 말은 사실 '히파럼프'였거든.

히파럼프는 어떻게 생겼을까?

사나울까?

휘파람을 불면 따라올까? 따라온다면 어떻게 따라올까?

돼지를 좋아하기는 할까?

돼지를 좋아해도, 어떤 돼지든 다 좋아할까?

돼지한테 사납게 군다고 해도 할아버지가 트레스패서스 윌리엄이라고 하면 조금 달라질까?

이 물음들에 대한 답을 하나도 알지 못하는데…… 이제 딱 한 시간만 지나면 태어나서 처음으로 히파럼프를 만나게 되는 거야.

물론 푸가 피글렛과 함께 갈 테고, 둘이 같이 있으면 훨씬 마음이 놓이겠지. 그런데 히파럼프가 돼지하고 곰이 같이 있을 때 더 사나워지는 동물이면 어쩌지? 머리가 아픈 척이라도 하는 게 낫지 않을까? 그래서 여섯 그루 소나무가 있는 곳까지 가기 힘들었다고 할까? 하지만 만약 날은 화창하고 히파럼프는 함정에 빠지지도 않았는데 이렇게 아침 내내 침대에 누워 있는 거라면, 아무것도 아닌 일로 아깝게 시간을 낭비하는 거잖아. 피글렛은 어떻게 해야 할까?

그때 피글렛에게 좋은 꾀가 떠올랐어. 지금 여섯 그루 소나무가 있는 곳까지 살금살금 올라가서, 아주 조심조심 함정 안을 훔쳐보는 거야. 그 안에 히파럼프가 갇혀 있는지만 확인하는 거지. 만약 히파럼프가 있으면 침대로 돌아와 눕는 거고, 히파럼프가 없으면 그냥 거기서 푸를 기다리면 되는 거야.

그래서 피글렛은 집을 나섰어. 처음에는 함정 속에 히파럼프가 없을 것 같았는데, 다시 생각해보니 있을 것 같았어. 그리고 함정이 가까워질수록 히파럼프가 있다는 확신이 들었어. 왜냐하면 히파럼프가 울부짖는 소리가 들렸거든.

"아, 어떡해. 아, 어떡해. 아, 어떡해!"

피글렛은 계속 중얼거렸어. 마음 같아서는 도망가고 싶었지. 하지만 웬일인지 이렇게 가까이까지 왔는데, 히파럼프가 어떻게 생겼는지 보기는 해야 할 것 같았어. 그래서 피글렛은 함정 옆으로 기어가서 안을 들여다보았는데…….

피글렛이 그러고 있는 내내 위니 더 푸는 꿀단지에서 머리를 빼내려고 용을 쓰는 중이었어. 흔들면 흔들수록 단지

는 빠지기는커녕 머리에 더 꽉 끼어들었어.

"이게 뭐람!"

푸가 단지 안에서 말했어.

"아, 도와줘!"

하지만 가장 많이 하는 말은 "아야!"였지. 푸는 어디에든 단지를 부딪쳐보려고 했지만, 앞이 보이지 않는 채로는 무엇과 부딪칠지 알 길이 없으니 큰 효과가 없었어. 구덩이를 기어올라 가보기도 했지만, 보이는 게 단지뿐이고 그나마도 단지 안쪽만 간신히 보이니까 어떻게 올라가야 할지 길을 찾을 수가 없었지. 그러다가 마침내 고개를 쳐들고, 그러니까 단지도 같이 말이야. 슬픔과 절망에 빠진 푸는 단지에 대고 큰 소리로 울부짖었어……. 마침 바로 그때 피글렛이 구덩이 안을 들여다보았던 거야.

"살려줘, 살려줘!"

피글렛이 외쳤어.

"히파럼프야! 무서운 히파럼프라고!"

피글렛은 꽁무니가 빠져라 후다닥 내빼면서 연신 비명을 질러 댔어.

"살려줘, 살려줘! 무서흔 호파럼프야! 호퍼줘, 호퍼줘, 살려운 무파럼프라고! 무서줘, 무서줘, 호퍼운 살려럼프야!"

피글렛은 쉬지 않고 고래고래 소리를 지르며 크리스토퍼 로빈이 사는 집까지 한숨에 달려갔어.

"도대체 무슨 일이야, 피글렛?"

이제 막 잠에서 깨어난 크리스토퍼 로빈이 물었어.

"하프……."

피글렛은 너무 숨이 차서 말도 제대로 나오지 않았어.

"히프, 히파, 히파럼프야."

"어디에?"

"저기에."

피글렛은 앞발을 흔들면서 말했어.

"어떻게 생겼는데?"

"그게, 어떻게 생겼냐면, 그렇게 큰 머리는 태어나서 처음 봤어, 크리스토퍼 로빈. 어마어마하게 큰 게 마치…… 그만큼 큰 걸 찾을 수가 없어. 엄청나게 큰데, 음, 그러니까…… 잘 모르겠는데…… 엄청나게 커다란, 그런 게 없긴 한데. 단지처럼 생겼어."

"그래. 내가 가서 한번 봐야겠다. 가자."

크리스토퍼 로빈이 신발을 신으면서 말했어.

피글렛은 크리스토퍼 로빈과 함께라면 무섭지 않았기 때문에, 둘은 함께 올라갔어…….

"난 들리는데, 안 들려?" 구덩이에 가까워지자, 피글렛이 불안한 목소리로 물었어.

"뭔가 들려." 크리스토퍼 로빈이 말했어.

그건 푸가 나무뿌리를 찾아 거기에 머리를 부딪치면서 나는 소리였어.

"저기 있다! 무시무시하지 않아?"

피글렛은 이렇게 말하면서 크리스토퍼 로빈의 손을 꽉 붙잡았어.

그런데 갑자기 크리스토퍼 로빈이 웃음을 터뜨렸어……. 웃고…… 또 웃고…… 계속 웃어 대는 거야. 그렇게 크리스토퍼 로빈이 웃음을 멈추지 못하고 있는데, '와장창' 요란한 소리

와 함께 히파럼프가 나무뿌리에 머리를 부딪쳤어. 단지가 부서지면서 푸의 머리는 다시 밖으로 나왔지…….

그제야 피글렛은 자신이 얼마나 바보 같았는지 깨달았어. 얼마나 부끄러웠던지 피글렛은 곧장 집으로 달려갔는데 정말로 머리가 아파서 침대에 누워버렸지. 하지만 크리스토퍼 로빈과 푸는 함께 집으로 돌아가 아침을 먹었단다.

"아, 곰돌아! 나는 네가 참 좋아!"

크리스토퍼 로빈이 말했어.

"나도 그래."

푸도 말했단다.

6

이요르, 생일 축하해

늙은 회색 당나귀 이요르는 시냇가에 서서 수면에 비친 자기 모습을 들여다보았어.

"처량해라. 이런 게 바로 처량한 거지. 처량해."

이요르는 돌아서서 시냇물을 따라 이십 미터 정도를 천천히 걸어 내려가다가, 첨벙첨벙 냇물을 건넌 다음 시냇가 반대편을 천천히 거슬러 올라갔어. 그러고는 다시 물속을 들여다보았지.

"마찬가지야. 이쪽에서 봐도 나을 게 없어. 하지만 아무도 신경 쓰지 않아. 관심도 없지. 처량한 신세지."

이요르 뒤쪽 고사리 덤불에서 버스럭거리는 소리가 나더니 푸가 나타났어.

"안녕, 이요르."

푸가 인사하자 이요르는 우울하게 대답했어.

"안녕, 푸. 안녕한지는 잘 모르겠지만."

"왜? 무슨 일 있어?"

"아무 일 없어, 푸. 아무 일도. 모두가 다 똑같을 수는 없는 거니까. 개중에는 안 그럴 수도 있고. 그게 다야."

"뭐가 그렇다는 거야?"

"즐겁게 노는 거. 노래하고 춤추고. 다함께 뽕나무 숲을 돌고."*

* Here we go round the mulberry bush, 영국의 전래 동요다.

"아하!"

푸는 한참 생각하고 나서 물었지.

"그건 무슨 뽕나무 숲이야?"

"넌 참 천진난만하구나."

이요르는 우울한 목소리로 말했어.

"프랑스 말로는 본 오미(Bon-hommy)라고 하는데 너한테 뭐라고 하는 건 아니고, 그냥 그렇다고."

푸는 큼지막한 돌에 앉아 그 말을 곰곰이 생각해보았어. 이요르가 하는 말들이 꼭 수수께끼 같았는데, 푸는 머리가 별로 좋지 않은 곰이잖아. 그러니까 수수께끼를 잘 풀 리 없었지. 그래서 푸는 생각을 하는 대신 '코틀스톤 파이' 노래를 불렀어.

코틀스톤, 코틀스톤, 코틀스톤 파이,
난다고 다 새인가요. 하지만 새는 다 날아요.
나한테 수수께끼를 내 봐요. 내 대답은요.
"코틀스톤, 코틀스톤, 코틀스톤 파이."

이게 1절이었어. 1절이 끝났는데 이요르가 노래가 별로라는 말을 확실히 하지 않아서, 푸는 아주 친절하게 2절도 불러주었어.

코틀스톤, 코틀스톤, 코틀스톤 파이,
물고기는 휘파람을 못 불어요. 나도 못 불죠.
나한테 수수께끼를 내 봐요. 내 대답은요.
"코틀스톤, 코틀스톤, 코틀스톤 파이."

이요르는 여전히 아무 말도 하지 않았어. 그래서 푸는 혼자서 조용히 3절을 흥얼거렸지.

코틀스톤, 코틀스톤, 코틀스톤 파이,
닭은 왜 그럴까요. 나도 몰라요.
나한테 수수께끼를 내 봐요. 내 대답은요.
"코틀스톤, 코틀스톤, 코틀스톤 파이."

"그거야."
이요르가 말했어.
"노래해. 쿵쿵따 쿵쿵따.

다함께 산사나무 열매와 도토리도 주우러 가고.* 신나게 노는 거야."

"난 그러고 있어."

푸가 말했지.

"놀 수 있는 애들이 있다니까."

"왜 그래? 너 괜찮은 거야?"

"지금 안 괜찮아 보여?"

"너 정말 슬퍼 보여, 이요르."

"슬프다고? 내가 왜 슬프겠어? 오늘은 내 생일이야. 일 년 중에 가장 행복한 날이잖아."

"생일이라고?"

푸가 깜짝 놀라서 물었어.

"생일이고말고. 안 보여? 내가 받은 선물들을 좀 봐."

이요르가 한 발을 들어 이리저리 휘저었어.

"봐. 생일 케이크도 있잖아. 생일 초랑 분홍색 설탕 장식도 있고."

* Here we go gathering Nuts and May, 영국의 전래 동요로 Here we go round the mulberry bush와 음이 같으며, 아이들이 꽃을 따는 5월 전통 놀이를 할 때 즐겨 부른다.

푸는 처음에는 오른쪽을, 그 다음에는 왼쪽을 살펴보았어. 그리고 물었지.

"선물이라고? 생일 케이크가 있어? 어디?"

"안 보여?"

"안 보이는데."

"나도."

이요르가 말했어.

"농담이었어. 하하!"

푸는 어리둥절해서 머리를 긁적거렸어.

"그런데 정말 오늘이 생일이야?"

"생일이지."

"와! 그럼 생일 축하해, 이요르."

"너도 축하해, 푸."

"하지만 오늘은 내 생일이 아닌데."

"그래, 내 생일이지."

"그런데 방금 나한테 생일 축하한다고……."

"글쎄, 그러면 안 돼? 내 생일날 네가 축하받는다고 비참한 건 아니잖아. 안 그래?"

"아, 그렇구나."

푸가 말했어.

"지금도 충분히 서글퍼."

이요르는 금방이라도 울음을 터뜨릴 것 같은 얼굴로 이렇게 말했어.

"나 혼자 비참한 것만으로도 말이야. 선물도 없고, 케이크도 없고, 생일 초도 없고, 누구 하나 알아주지도 않지만, 다른 친구들까지 다 비참해지는 것보다는……."

푸는 더 듣고 있을 수가 없었어.

"여기 가만히 있어 봐!"

푸는 이요르에게 큰 소리로 외치고는 뒤돌아서 온 힘을 다해 집까지 뛰어갔어. 가엾은 이요르에게 지금 당장 뭔가 선물을 줘야 할 것 같았거든. 어떤 선물이 좋을지는 집에 가면 떠오를 수도 있으니까.

집에 도착하고 보니 문밖에 피글렛이 있었어. 피글렛은 문고리를 잡으려고 폴짝폴짝 뛰고 있었지.

"안녕, 피글렛."

푸가 인사했어.

"안녕, 푸."

피글렛도 인사했지.

“뭘 하려고 그러는 거야?”

“문고리를 잡으려고 했어. 지금 막 왔는데…….”

“내가 대신 해줄게.”

푸는 친절하게 말했어. 그리고 앞발을 들어 문을 두드려 주었단다.

“방금 이요르를 만났는데, 가엾은 이요르는 많이 슬퍼하고 있어. 왜냐하면 오늘이 이요르 생일인데, 아무도 그걸 몰랐거든. 그래서 무척 우울해하고 있어. 너도 이요르가 어떤지 잘 알잖아. 아까도 그랬거든. 근데…… 여기는 누구네 집인데 문을 계속 안 열어 주는거야?”

푸가 다시 문을 두드리자 피글렛이 말했어.

"푸, 여기 너네 집이잖아!"

"아! 참, 그렇지. 그럼, 들어가자."

그래서 둘은 집으로 들어갔어. 들어가서 푸가 가장 먼저 한 일은 찬장에 가서 아주 조그마한 꿀단지가 남은 게 있는지 확인하는 거였어. 남은 꿀단지가 있어서, 그걸 꺼냈지.

"난 이걸 이요르에게 줄 거야. 선물로 너는 뭘 줄래?"

"나도 그걸 주면 안 될까? 우리 둘이 같이 주면 안 돼?"

피글렛이 말했어.

"안 돼. 그건 좋은 생각이 아닌 것 같아."

"알았어. 그럼 난 풍선을 줄래. 우리 집에서 파티를 하고 남은 풍선이 한 개 있거든. 지금 가서 가져와야겠어. 그래도 될까?"

"정말 좋은 생각이야, 피글렛. 이요르가 기운을 차리려면 풍선이 딱 좋을 거야. 누구라도 풍선을 보면 신나지 않을 수 없으니까."

피글렛은 집으로 총총 걸어갔어. 푸는 꿀단지를 안은 채 반대쪽으로 걸어갔지.

날씨는 따뜻하고, 갈 길은 까마득했어. 아직 반도 다 가지 못했을 즈음, 푸는 온몸에 어떤 이상한 느낌이 살금살금 기어다니는 기분이 들었어. 코끝에서부터 시작된 느낌이 온몸을 타고 흐르다가 발바닥으로 빠져나가는 기분이었지. 마치 몸 안에서 누군가가 이렇게 말하는 것 같았어.

"자, 푸, 이제 뭔가 좀 먹을 시간이야."

"시간이 벌써 이렇게 됐는지 몰랐네."

푸는 주저앉아서 꿀단지 뚜껑을 열었어.

"이걸 갖고 나와서 다행이야."

푸는 생각했어.

"이렇게 따뜻한 날 외출을 하면서 꿀단지를 갖고 나가야겠다고 생각한 곰은 나 말고 없을 거야."

푸는 꿀을 먹기 시작했지.

"가만 있어보자……."

푸는 단지 바닥에 남은 꿀을 핥으면서 생각했어.

"내가 어딜 가고 있었더라? 아, 맞다. 이요르!"

푸는 천천히 일어났어.

그리고 그 순간, 갑자기 기억이 난 거야. 이요르에게 주려던 생일 선물을 다 먹어버렸다는 사실을!

"이게 뭐람! 이요르에게 선물을 줘야 하는데."

잠깐 동안은 아무 생각도 나지 않았어. 그러다가 생각했지.

"그런데 이 단지 참 멋지네. 꿀은 안 들어 있지만, 깨끗하게 씻은 다음, 누구한테 부탁해서 단지 위에 '생일 축하해'라고 써 달라고 하면, 이요르가 여기에 물건을 넣어둘 수도 있고, 그럼 쓸모가 있을 거야."

마침 푸는 100에이커 숲을 지나쳐 가던 참이었어. 푸는 숲으로 들어가서 그곳에 사는 아울네 집을 찾아갔어.

"안녕, 아울."

"안녕, 푸."

"이요르의 생일을 축하합니다."

푸가 말했어.

"어? 그러니?"

"넌 이요르한테 뭘 줄 거야, 아울?"

"너는 뭘 주는데, 푸?"

"나는 물건을 넣어둘 수 있는 쓸모 있는 단지를 줄 건데, 너한테 부탁할 게 있어서……."

"이게 그거야?"

아울이 푸의 앞발에서 단지를 채가며 물었어.

"응. 너한테 부탁할 게 있어서……."

"누가 꿀을 담아 두었었군."

아울이 말했어.

푸는 진지하게 대답했단다.

"아무거나 다 담을 수 있어. 그만큼 아주 쓸모 있는 거야. 그래서 너한테 부탁할 게 있는데……."

"그럼 이 위에다 '생일 축하해'라고 써야지."

"그게 바로 내가 부탁하려던 거였어."

푸가 말했어.

"왜냐하면 나는 글자가 뒤죽박죽되거든. 글자는 잘 알지만 떨려서 글자들이 엉뚱한 자리에 써져. 네가 내 대신 그 위에 '생일 축하해'라고 써줄래?"

"멋진 단지네."

아울이 단지를 이리저리 살펴보며 말했어.

"나도 이걸 주면 안 될까? 우리 둘이 같이 주는 거로 하면 어때?"

"안 돼. 그건 좋은 생각이 아닌 것 같아. 우선 내가 단지를 물로 씻을게. 그 다음에 네가 글을 쓰면 돼."

푸는 단지를 물로 깨끗이 씻은 다음 말렸어. 그동안 아울은 연필 끝에 침을 바르면서 '생일'이라는 글자를 어떻게 써

야 할지 생각하고 있었지.

"푸, 너 글자 읽을 줄 아니?"

아울이 조금 불안한 마음으로 물었어.

"우리 집 대문 밖에 노크하고 종을 울리라고 안내문을 붙여놓은 게 있잖아. 크리스토퍼 로빈이 써준 거 말이야. 그거 읽을 수 있어?"

"크리스토퍼 로빈이 뭐라고 쓴 건지 알려줘서 이젠 읽을 수 있어."

"그럼 여기다 적는 건 무슨 말인지 내가 가르쳐줄게. 그러면 네가 읽을 수 있을 거야."

그렇게 아울이 쓴 글은…… 이런 것이었어.

시이ㄹ시앙이리 ㅊ코ㅗ중ㅎㅎㅎㅊ큘ㅍㅎ하ㅣ

푸가 감탄하는 눈으로 지켜보았어.

아울은 별 거 아니라는 듯이 말했지.

"그냥 '생일 축하해'라고 쓴 거야."

푸는 글을 보고는 진심으로 감동을 받았어.

"정말 멋지고 기다란 글이야."

"'진심으로 생일 축하해, 사랑하는 푸가'라고 썼거든. 그렇게 긴 글귀를 쓰면 연필도 꽤 닳는다고."

"아, 그렇구나."

푸가 말했어.

푸가 아울과 이런 일을 벌이고 있는 동안, 피글렛은 이요르에게 선물할 풍선을 가지러 집으로 돌아갔어. 피글렛은 풍선이 바람에 날아가지 않도록 두 팔로 꼭 끌어안고, 푸보다 먼저 이요르에게 가려고 있는 힘껏 달렸어. 푸보다 먼저 선물을 주고 싶었거든. 누가 말해줘서가 아니라 원래 이요르의 생일을 기억하고 있었던 것처럼 보이고 싶었던 거야. 그래서 이요르가 얼마나 기뻐할까만 생각하느라 앞도 제대로 보지 않고 뛰고 있었는데…… 갑자기 발 하나가 토끼 굴에 빠지는 바람에 그만 앞으로 풀썩 고꾸라지고 말았지.

펑!!!???!!!

피글렛은 놀라서 땅바닥에 가만히 엎드린 채 생각했어. 무슨 일이 일어난 거지? 처음에는 온 세상이 다 날아가 버린 줄 알았지. 그러다가 세상 전부는 아니고 아마도 숲만 날아갔나 보다 생각했어. 그리고 조금 더 있다가는 혹시 세상도, 숲도 그대로인데 '나'만 날아가서 달나라나 어디 다른 별에 홀로 뚝 떨어진 걸까, 그래서 크리스토퍼 로빈이랑 푸랑 이요르를 다시는 보지 못하게 된 걸까, 하고 생각했단다. 그러고는 이런 생각이 들었지.

"뭐, 여기가 달이라고 해도 내가 계속 엎드려 있을 필요는 없는 거잖아."

피글렛은 조심조심 일어나서 주변을 둘러보았어.

그런데 여전히 숲속인 거야!

“어, 이상하네. 그럼 그 펑 소리는 뭐지? 그냥 넘어졌다고 해서 그렇게 요란한 소리가 날 리는 없는데. 그런데 내 풍선은 어디 있지? 이 작고 축축한 고무 쪼가리는 뭐야?”

그건 풍선이었어!

“아, 어떡해! 아, 어떡해, 아, 이걸 어째, 이걸 어째, 어떻게 해! 어쨌든 이젠 너무 늦었어. 집으로 돌아갈 수도 없고 가봤자 풍선도 없는데……. 어쩌면 이요르가 풍선을 별로 좋아하지 않을지도 모르잖아.”

피글렛은 이제 조금 풀이 죽긴 했지만 총총 걸어 이요르가 있는 개울가에 도착해서는 이요르를 불렀어.

“안녕, 이요르.”

피글렛이 외쳤어.

“안녕, 꼬마 피글렛. 안녕한지는 잘 모르겠지만.”

이요르가 말했어.

“아무튼 그건 중요한 게 아니니까.”

“생일 축하해.”

피글렛은 이요르에게 가까이 다가왔어.

제 모습이 비친 물속만 들여다보던 이요르가 그 말을 듣고는 돌아서서 피글렛을 쳐다봤어.

"다시 말해봐."

이요르가 말했어.

"생일 축……."

"잠깐만."

이요르는 세 다리로 균형을 잡으면서, 나머지 한 발을 조심조심 들어 귀로 가져가기 시작했어.

"어제는 이게 됐거든."

이요르는 설명을 하면서 세 번은 넘어졌단다.

"굉장히 쉬워. 이렇게 하면 더 잘 들려서…… 자, 됐다! 자 그럼, 뭐라고 했지?"

이요르는 발굽을 귀에 대고 귀를 쫑긋 모았어.

"생일 축하해."

피글렛은 한 번 더 말했어.

"나 말이야?"

"물론이야, 이요르."

"내 생일?"

"응."

"내가 생일다운 생일 축하를 받고 있는 거야?"

"그래, 이요르. 너 주려고 선물도 가져왔어."

이요르가 오른쪽 귀에서 발굽을 떼고는 한 바퀴를 빙 돌더니 끙끙대며 왼쪽 발을 들어 올렸어.

"그 말은 다른 쪽 귀로 들어야겠어. 자, 뭐라고?"

"선물이라고."

피글렛이 힘을 주어 크게 말했어.

"그것도 내 얘기야?"

"그래."

"내 생일 얘기?"

"당연하지, 이요르."

"내가 진짜 생일처럼 축하를 받는 거라고?"

"그래, 이요르, 내가 풍선을 가져왔어."

"풍선? 풍선이라고 했어? 크고 알록달록하고 입으로 부는 그런 거? 신나게 노래하고 춤추면 이리 빙글 저리 빙글 하는 그거?"

"그래, 그런데 미안해, 이요르. 풍선을 주려고 뛰어오다가, 그만 내가 넘어졌어."

"저런, 저런. 어쩌다가! 너무 빨리 뛰다가 그랬구나. 다치지는 않았니, 꼬마 피글렛?"

"나는 괜찮은데, 그런데 풍선이…… 이요르, 풍선이 터져버렸어!"

그러고는 둘 다 한참 동안 아무 말도 하지 못했어.

그러다가 이윽고 이요르가 물었단다.

"내 풍선이?"

피글렛은 고개를 끄덕였어.

"내 생일 풍선이?"

"응, 이요르."

피글렛이 코를 살짝 훌쩍거리면서 말했어.

"이거야. 정말, 정말 생일 축하해."

피글렛은 터져서 쭈글쭈글해진 풍선 쪼가리를 이요르에게 주었어.

"이게 그거야?"

이요르가 약간 놀란 얼굴로 말했어.

피글렛은 고개를 끄덕였어.

"내 선물?"

피글렛은 또 고개를 끄덕였지.

"그 풍선?"

"응."

"고마워, 피글렛. 이건 그냥 궁금해서 물어보는 건데, 이 풍선은 원래…… 그러니까 풍선이었을 땐 무슨 색이었어?"

"빨간색이었어."

"그냥 궁금해서…… 빨간색이었구나."

이요르가 중얼거렸지.

"내가 제일 좋아하는 색이야…… 크기는 얼마만 했니?"

"나만 했어."

"그냥 궁금했어…… 피글렛만 했구나."

이요르는 구슬피 중얼거렸어.

"내가 제일 좋아하는 크기야. 저런, 저런."

피글렛은 너무 미안해서 무슨 말이든 하고 싶었지만 할 말이 떠오르지 않았어.

그래도 무슨 말이라도 하려고 입을 뗐다가 이내 쓸데없는 말 같아 그만두려던 참이었어. 개울 건너편에서 소리쳐 부르는 소리가 들렸어. 푸가 온 거야.

"생일 축하해."

푸는 생일 축하 인사를 했다는 걸 잊고는 크게 외쳤지.

이요르는 침울하게 말했어.

"고마워, 푸. 지금 축하받고 있는 중이야."

"내가 작은 선물을 가져왔어."

푸가 들떠서 말했어.

"선물은 벌써 받았어."

푸는 이요르가 있는 곳으로 첨벙첨벙 개울을 건너갔고, 피글렛은 조금 떨어져 앉아서는 앞발 사이에 얼굴을 파묻고 코를 훌쩍거리고 있었어.

푸는 말했어.

"이건 꽤 쓸모 있는 단지야. 자, 받아. 여기에 '진심으로 생일 축하해, 사랑하는 푸가'라고 썼어. 이 글씨들이 바로 그런 뜻이야. 여기에 물건을 넣을 수 있어. 자!"

이요르는 단지를 보더니 신나서 어쩔 줄 몰랐어.

"와! 내 풍선을 저 단지에 넣으면 딱 맞겠는데!"

"어, 아니야, 이요르."

푸가 말했어.

"풍선은 훨씬 더 커서 단지에 안 들어가. 풍선을 가지고 놀 땐 있잖아, 손에 쥐고서……."

"내 건 안 그래."

이요르가 우쭐해하며 말했어.

"이거 봐, 피글렛!"

피글렛이 슬픔에 잠긴 얼굴로 돌아보았어.

그러자 이요르가 이빨로 풍선을 물어 올려서 조심스럽게 단지 안에 넣었어.

그러다가 이요르는 풍선을 단지 밖으로 꺼내 바닥에 내려놓았다가, 또다시 풍선을 이빨로 물어 들고 조심스럽게 단지에 집어넣었지.

"정말이네! 풍선이 들어가!"

푸가 말했어.

"정말! 풍선이 다시 나와!"

피글렛이 말했지.

"그렇지?"

이요르가 말했어.

"다른 물건처럼 들어갔다 나왔다 한다고."

"무언가를 넣어 둘 수 있는 쓸모 있는 단지를 선물하게 돼서 정말 기뻐."

푸가 기뻐하며 말했어.

"나도 쓸모 있는 단지에 넣어 둘 무언가를 선물하게 돼서 정말 기뻐."

피글렛도 기뻐했지.

하지만 이요르는 정말 아무것도 들리지 않았어.

풍선을 단지에서 꺼냈다가 다시 넣었다가 하느라 너무나 행복했거든…….

***

"그런데 나는 이요르에게 아무것도 주지 않았어요?"

크리스토퍼 로빈이 슬픈 얼굴로 물었어.

"당연히 줬지. 그거 있잖아, 기억 안 나니?……."

“그림 그릴 때 쓰는 물감 상자를 줬어요.”

“그렇지.”

“나는 왜 그걸 아침에 주지 않았죠?”

“너는 이요르의 생일 파티를 준비하느라 무척 바빴잖니. 이요르에게 설탕 옷을 입힌 케이크에 초 세 개를 꽂고 분홍색 설탕으로 이름도 장식해주고…….”

“맞아요. 기억나요.”

크리스토퍼 로빈이 말했지.

7

숲속에 새 친구가 왔어요

어디서 왔는지 아무도 모르게 캥거와 아기 루가 숲속에 들어와 있었어.

“저 둘은 어떻게 여기로 왔지?”

푸가 물었어.

“누구나 다 같은 방법으로 온 거야, 푸. 내 말이 무슨 말인지 알지?”

크리스토퍼 로빈이 대답했어.

푸는 무슨 말인지 몰랐지만 “아!” 하고 대답했지.

그리고 다시 고개를 두 번 끄덕이고는 말했어.

"다 같은 방법이구나. 아하!"

그러고는 이 문제를 어떻게 생각하는지 알아보려고 피글렛을 찾아갔어.

피글렛네 집에는 래빗도 함께 있었어. 그래서 셋이 함께 이 문제를 이야기해보았단다.

"여기서 내 마음에 들지 않는 부분은 이거야."

래빗이 말했어.

"자, 우리 셋이 있어. 푸, 너하고, 피글렛, 너하고, 나하고. 그런데 난데없이……."

"이요르도 있어."

푸가 말했어.

"맞아, 이요르도 있지. 그런데 난데없이……."

"아울도 있어."

푸가 또 끼어들었어.

"그래. 아울도. 그런데 난데없이 불쑥……."

"아, 맞다. 이요르도. 나 이요르를 깜박했어."

또 푸가 말했어.

"여기, 이곳에, 우리가, 살고 있잖아."

래빗이 아주 천천히, 또박또박 말하기 시작했어.

"모두, 다, 함께 말이야. 그런데 어느 날 아침에 눈을 떠보니, 난데없이 뭐가 보였지? 모르는 동물이 우리들 사이에 들어와 있는 거야. 난생 듣도 보도 못했던 동물이! 자기 가족을 주머니에 넣어 데리고 다니는 동물이 말이야! 내가 우리 아이들을 다 주머니에 넣어 데리고 다닌다고 생각해봐. 대체 주머니가 몇 개나 필요하겠어?"

"열여섯 개."

피글렛이 대답했어.

"열일곱 개겠지?"

래빗이 말했어.

"거기다가 손수건도 갖고 다니려면 주머니가 한 개 더 필요하니까 총 열여덟 개가 있어야 한다고. 옷 한 벌에 주머니가 열여덟 개라니! 그걸 어느 세월에 다 달고 있어?"

그러고는 셋 다 무슨 생각을 하는지 방안이 조용해지더니 한참 동안 침묵이 흘렀지…… 그런데 몇 분 동안 이마를 한껏 찡그리고 있던 푸가 입을 열었어.

"내가 세어봤는데 열다섯이야."

"뭐라고?"

래빗이 말했어.

"열다섯이라고."

"뭐가 열다섯이라는 거야?"

"너희 가족 말이야."

"우리 가족이 뭘 어쨌는데?"

푸는 코를 문지르면서 래빗이 지금 가족 이야기를 하고 있는 줄 알았다고 말했어.

"내가?"

래빗은 별 관심 없다는 듯이 말했어.

"응. 네가 아까……."

"그게 중요한 게 아니야, 푸."

피글렛이 참다못해 끼어들었어.

"지금 문제는 캥거를 어떻게 하느냐 그거지."

"아, 그렇구나."

푸가 말했어.

래빗은 이렇게 말했지.

"가장 좋은 방법은, 아기 루를 훔쳐 와서 캥거 몰래 숨겨 놓는 거야. 그런 다음 캥거가 '아기 루가 어디 갔지?'라고 말하면 우리가 다같이 '아하!'라고 외치는 거지."

"'아하!'"

푸가 연습 삼아 해보았어.

"'아하! 아하!'…… 그런데 '아하!'는 아기 루를 훔치지 않아도 할 수 있잖아."

래빗이 나긋한 목소리로 말했어.

"푸, 넌 정말 머리가 나쁘구나."

푸는 겸손하게 말했어.

"나도 알아."

"우리가 '아하!'라고 외치는 건, 아기 루가 있는 곳을 안다고 캥거에게 알려주려는 거야. '아하!'는 '숲을 떠나 두 번 다시 돌아오지 않겠다고 약속하면, 아기 루가 어디 있는지 말해주겠다'라는 뜻이라고. 지금부터 나는 생각을 더 해볼 테니까 그동안 떠들지 말아줘."

푸는 한쪽 구석으로 가서, '아하!'가 그런 뜻으로 들리게끔 말해보려고 했어. 래빗이 말한 뜻처럼 들릴 때도 있었지만, 그렇지 않을 때도 있었지.

"누가 뭐래도 연습이 최고지. 그런데 이 말을 알아들으려면 캥거도 연습을 해야 하는 거 아니야?"

"하나 걸리는 게 있는데."

피글렛이 안절부절 못하며 몸을 비비 꼬았어.

"전에 크리스토퍼 로빈이랑 이야기하다가 들었는데, 캥거는 맹수 중에서도 사나운 동물로 꼽힌대. 보통 때는 맹수가 무섭지 않은데, 맹수 중에서도 사나운 동물이 아기를 빼앗기면, 평소보다 두 배로 더 사나워진다고 하잖아. 그런 경우에 '아하!'라고 하는 건 아무래도 멍청한 짓일 것 같아서."

래빗이 연필을 꺼내서 끝에 침을 바르며 말했어.

"피글렛, 넌 정말 겁이 많구나."

피글렛은 살짝 훌쩍거렸어.

"나처럼 몸이 아주 작은 동물한테는 용기를 내는 게 쉬운 일이 아니야."

뭔가를 열심히 적고 있던 래빗이 고개를 들고는 말했어.

"피글렛, 네가 아주 작은 동물이라서 우리 모험에 꽤 쓸모가 있을 거야."

피글렛은 쓸모가 있을 거라는 말을 듣고 너무 들떠서 겁 같은 건 까맣게 잊어버렸어.

캥거가 겨울철 몇 달 동안만 사나워지고 다른 때는 다정다감한 성질을 갖는 동물이라고 래빗이 말해주자, 피글렛은 온몸이 들썩거렸어. 지금이라도 당장 쓸모 있고 싶어서 가만히 있기가 힘들었거든.

"나는?"

푸가 풀죽은 목소리로 물었어.

"나는 쓸모가 없겠지?"

"괜찮아, 푸. 다음에 또 기회가 있을 거야."

피글렛이 푸를 다독이는데, 래빗이 연필을 뾰족하게 깎으면서 근엄하게 말했어.

"푸가 없으면 모험이 불가능할 거야."

"아!"

피글렛은 실망한 표정을 애써 감추려 했지만, 푸는 방 한 구석으로 가서 뿌듯한 마음으로 중얼거렸어.

"내가 없으면 불가능하대! 나는 그런 곰이야."

"자, 둘 다 잘 들어."

래빗이 글쓰기를 마치고 나서 이렇게 말하자, 푸와 피글렛은 입도 헤 벌리고 앉아서 아주 열심히 귀를 기울였어. 래빗이 읽어준 내용은 이랬어.

아기 루 잡기 작전

1. 주의할 점: 캥거는 우리보다 빠름. 심지어 나보다도 빨리 달림.
2. 또 주의할 점: 캥거는 절대로 아기 루에게서 눈을 떼지 않음. 단, 아기 루를 안전하게 주머니에 넣고 주머니를 꼭 닫았을 때는 빼고.
3. 따라서 아기 루를 잡아오려면 반드시 거리를 멀리 두고 달아나야 함. 캥거가 우리보다, 심지어 나보다도 빠르기 때문(1번 참조).
4. 첫 번째 고려할 점: 루가 캥거의 주머니에서 뛰어나오고, 대신 피글렛이 그 속에 뛰어들어가도 캥거는 루가 아니라는 걸 모를 것이다. 피글렛은 아주 작은 동물이니까.
5. 아기 루처럼.
6. 하지만 캥거가 다른 곳을 보며 한눈을 팔아야 피글렛

이 들키지 않고 주머니 속으로 뛰어들어갈 수 있음.

7. 2번 참조.

8. 두 번째 고려할 점: 하지만 푸가 캥거에게 관심을 끌 만한 말을 건다면 캥거가 잠깐 한눈을 팔 수도 있음.

9. 그러면 그때 내가 루를 데리고 도망가면 됨.

10. 재빨리.

11. 캥거는 루가 아니라는 걸 나중에야 알게 됨.

그렇게 래빗은 자기가 짠 작전을 자랑스럽게 읽어주었는데, 다 읽고 나서 잠시 동안은 아무도 말을 꺼내지 않았어. 그러다가 입만 벌렸다 다물었다 하면서 망설이던 피글렛이 푹 잠긴 목소리로 간신히 말문을 열었어.

"그럼…… 그 다음에는?"

"다음이라니?"

"캥거가 아기 루가 없어진 걸 알게 된 다음에 말이야."

"그땐 다 같이 '아하!'라고 말하는 거야."

"우리 셋이 다 같이?"

"그래."

"아!"

"왜? 무슨 걱정 있어, 피글렛?"

"아니야. 우리 셋이서 같이 하는 거라면……. 우리 셋이 같이 말하는 거면 괜찮아. 하지만 아무리 해도 나 혼자서 '아하!'라고 말하는 건 무리야. 그 소리를 잘 내지도 못할 거고. 그런데 그 겨울 얘기는 정말 확실한 거지?"

"겨울?"

"응. 캥거가 겨울철에만 사나워진다고 말한 거."

"아, 그럼, 그럼. 문제없어. 어쨌든 푸, 네가 뭘 해야 하는지 알겠지?"

"아니."

곰돌이 푸가 말했어.

"아직 모르겠어. 나는 뭘 하면 돼?"

"그러니까 너는 캥거가 아무것도 눈치채지 못하게 아주

열심히 말만 걸면 되는 거야."

"아! 무슨 말?"

"아무 말이나. 네가 하고 싶은 말."

"그러니까 시 한 소절 읊는 것도 괜찮다는 뜻이야?"

"바로 그거야. 정말 훌륭해. 자, 가자."

그렇게 셋은 캥거를 찾으러 밖으로 나갔어.

캥거와 루는 숲속 모래밭에서 조용히 오후 시간을 보내고 있었지.

아기 루는 모래 위에서 콩콩 뛰는 연습을 하면서 쥐구멍에 빠졌다가 기어나오기를 반복했지.

"딱 한 번만 더 뛰렴, 아가. 이제 집에 가야 해"

캥거가 안절부절못하며 말했어.

그때 누군가 언덕을 올라와 다가왔어. 바로 푸였지.

"안녕, 캥거."

"안녕, 푸."

"나 뛰는 거 볼래?"

루가 찍찍 말하더니 또 쥐구멍 속으로 뛰어들어갔어.

"안녕, 꼬마 친구 루!"

"우리는 막 집에 가려던 참이었어."

캥거가 말했어.

"안녕, 래빗. 안녕, 피글렛."

뒤쪽 길로 이제 막 언덕 위에 올라온 래빗과 피글렛도 "안녕, 캥거. 안녕, 루" 하고 인사했고, 루는 둘에게도 자기가 뛰는 모습을 봐 달라고 했어. 그래서 둘은 가만히 서서 그 모습을 봐 주었지.

물론 캥거도 루를 지켜보았어…….

래빗이 눈짓을 두 번 보내자 푸가 말했어.

"아! 캥거, 혹시 시에 조금이라도 관심이 있어?"

"별로 없는데."

캥거가 말했어.

“아!”

“루, 아가, 딱 한 번만 더 뛰고 집으로 가는 거야.”

루가 또 쥐구멍에 빠지자, 그 사이에 짧은 침묵이 흘렀어.

“계속해.”

래빗이 앞발로 입을 가리고 큰 소리로 속삭이자 푸가 말했어.

“시 얘기가 나와서 말인데. 여기 오는 길에 내가 짧은 시를 하나 지었거든. 이런 거야. 음…… 그러니까…….”

“멋지구나!”

캥거가 말했어.

“그만! 루, 아가…….”

“이 시를 들으면 너도 마음에 들 거야.”

래빗이 말했어.

“시에 푹 빠지고 말 거야.”

피글렛도 거들었어.

“열심히 집중해서 들어야 돼.”

래빗이 또 말했어.

“한 마디도 놓치면 안 되거든.”

피글렛도 같이 말했지.

"아, 그럴게."

캥거는 그렇게 말했지만, 여전히 아기 루에게서 눈을 떼지 않았어.

"시작이 어떻게 되더라, 푸?"

래빗이 물었어.

푸는 가볍게 헛기침을 한 번 하고 시를 읊어나가기 시작했어.

머리가 아주 나쁜 곰이 지은 시

월요일, 햇볕이 따가운 날이면
나는 혼자 많은 생각을 해.
'사실일까, 아니면 거짓일까?
무엇이 어느 것이고 어느 것이 무엇이라는 거 말이야.'

화요일, 우박이 쏟아지고 눈이 내리는 날이면
자꾸만 그런 기분이 들어.
어느 누구도 잘 모르는 것 같다고.

저것들이 이것들인지 이것들이 저것들인지 말이야.

수요일, 하늘이 파랗고
다른 할 일이 없는 날이면,
나는 가끔 정말일까 생각해.
누가 무엇이고 무엇이 누구라는 거 말이야.

목요일, 얼음이 얼기 시작하고
나무 위에 서리가 반짝이는 날이면
쉽게 알 수 있지.
이것들이 누구 것인지—그런데 누구 것은 이것들인지?

금요일—

"그래, 그렇지?"

푸가 금요일에 무슨 일이 일어났는지 읊기 시작하려는데 캥거는 들으려고 하지도 않고 말했어.

"딱 한 번만 더 뛰는 거야, 루, 아가. 그리고 이제는 정말 집에 가야 해."

래빗이 서두르라는 뜻으로 푸 옆구리를 쿡 찔렀어.

푸는 서둘러 말했어.

"시 얘기가 나와서 말인데, 너 바로 저기에 나무가 있다는 거 알고 있었어?"

"어디?"

캥거가 말했어.

"자, 루……."

"바로 저기."

푸가 캥거 뒤쪽을 가리켰어.

"아니."

캥거가 말했어.

"이제 주머니 안으로 들어와, 루. 집으로 갈 거야."

"네가 저기 있는 나무를 봐야 하는데. 내가 안아서 넣어줄까, 루?"

래빗은 그렇게 말하면서 앞발로 루를 안아 올렸어.

푸가 말했어.

"여기서 보면 저 나무에 새가 앉아 있는 게 보여. 아니, 물고기인가?"

래빗이 말했어.

"네가 여기서 저 새를 봐야 하는데. 아니면 물고기인지도 모르지만."

피글렛이 말했어.

"물고기 아니야. 저건 새야."

래빗이 말했어.

"정말 그러네."

푸가 물었어.

"저 새는 찌르레기야, 아니면 개똥지빠귀야?"

래빗이 말했어.

"대단히 중요한 질문이야. 저 새는 찌르레기일까, 개똥지빠귀일까?"

그러자 드디어 캥거가 고개를 돌려 뒤를 쳐다봤어. 그리고 캥거가 머리를 돌린 그 순간, 래빗이 큰 소리로 "루, 들어가!"라고 말했고, 피글렛이 폴짝 뛰어 캥거의 주머니 속으로 들어갔지. 앞발로 루를 안고 있던 래빗은 있는 힘껏 뛰어 그 자리에서 달아났어.

캥거가 다시 앞을 보면서 물었어.

"아니, 래빗은 어디 갔어? 루, 괜찮니, 우리 아가?"

피글렛은 캥거의 주머니 속에서 아기 루처럼 찍찍 소리를 냈어.

"래빗은 가봐야 한다고 했어. 내 생각엔 갑자기 뭔가 해야 할 일이 생각난 것 같아."

"피글렛도 안 보이네?"

"피글렛도 동시에 뭔가 생각난 것 같아. 갑자기."

"그래, 우리도 그만 집에 가봐야겠다. 잘 가, 푸."

캥거는 인사를 하고는 껑충껑충 세 번을 뛰더니 눈앞에서 사라졌어.

푸는 돌아가는 캥거의 뒷모습을 바라보며 생각했어.

"나도 저렇게 뛸 수만 있다면 얼마나 좋을까. 누구는 뛸 수 있고, 누구는 못 뛰고. 원래 그렇지, 뭐."

하지만 피글렛은 캥거가 뛰지 못한다면 얼마나 좋을까 간절히 바라는 순간들을 맞고 있었어. 숲길을 한참이나 걸어서 집으로 돌아갈 때면, 피글렛은 새처럼 날 수 있다면 얼마나 좋을까 하고 바라곤 했었지. 하지만 캥거의 주머니 바닥에서 온 세상이 요동치는 지금은 이런 생각이 들었어.

"이게 나는 거라면 앞으로는 절대로 날기를 바라지 않을 거야."

피글렛은 위로 튀어 오를 땐 "<u>으으으으</u>!", 밑으로 떨어지면 "아야!" 하고 소리를 질러댔어. "<u>으으으으</u> 아야! <u>으으으으</u>

아야!" 하는 소리는 캥거네 집에 도착할 때까지 내내 계속되었단다.

당연히 캥거는 주머니를 열자마자 무슨 일이 일어났는지 알게 되었지. 순간적으로 캥거는 자기가 겁에 질렸다고 생각했지만 곧 그게 아니라는 걸 알았어. 크리스토퍼 로빈은 절대 루에게 나쁜 일이 생기도록 내버려두지 않을 거라고 확신을 했거든. 그래서 캥거는 속으로 생각했지. '나한테 장난을 걸어왔다 이거지. 나도 똑같이 장난을 쳐야지.'

캥거는 피글렛을 주머니에서 꺼내면서 말했어.

"자 그럼, 루, 아가야. 이제 잘 시간이야."

"아하!"

피글렛은 무시무시한 여행을 마친 뒤였지만 할 수 있는 만큼 열심히 말해보았어. 하지만 제대로 나온 '아하!'가 아니었는지, 캥거는 뜻을 알아듣지 못하는 것 같았지.

캥거는 활기찬 목소리로 말했단다.

"목욕부터 해야지."

"아하!"

피글렛은 다시 한번 말했어. 그러면서 다른 친구들이 있는지 보려고 불안한 마음으로 두리번거렸어. 하지만 친구들은 보이지 않았지. 래빗은 자기 집에서 아기 루와 놀고 있었는데, 금세 루가 귀여워져서 급속도로 친해지는 중이었고, 푸는 캥거처럼 되겠다고 마음먹고는, 그때까지도 숲 꼭대기 모래밭에 남아 뛰뛰기 연습을 하는 중이었거든.

캥거는 상냥한 목소리로 말했어.

"오늘 저녁은 찬물로 목욕을 해도 그리 나쁘지 않을 것 같은데. 찬물로 목욕할래, 루, 아가야?"

사실 피글렛은 목욕이라면 질색이었기 때문에, 억울함에 부르르 몸서리를 쳤어. 그러고는 한껏 용기를 끌어 모아 말했어.

"캥거, 이제 몰직히 살해야* 할 때가 된 것 같아."

"루, 요 까불이 녀석."

캥거가 목욕물을 준비하면서 말했어.

"나는 루가 아니야. 피글렛이라고!"

피글렛이 큰 소리로 말했어.

"그래, 아가야, 알았어."

캥거가 어르듯이 말했어.

"이제는 피글렛 목소리까지 흉내를 내네! 어쩜 똑똑하기도 해라."

캥거는 벽장에서 큼지막한 노란 비누를 꺼내면서 피글렛을 계속 골려주었단다.

"그 다음엔 뭘 하려나?"

* 당황하면 발음이 꼬이는 피글렛의 말투를 원문(spleak painly)을 살려 번역하였고, 원래 하려던 말은 speak plainly로, '솔직히 말해야'가 맞는 말이다.

피글렛은 소리를 질렀어.

“내가 안 보여? 눈도 없어? 나 좀 봐봐!”

“보고 있잖니, 루, 아가.”

캥거는 조금 엄하게 말했어.

“그리고 어제 엄마가 인상 쓰지 말라고 말했지? 계속 피글렛처럼 인상을 쓰고 다니면 나중에 커서 피글렛 얼굴처럼 되는 거야. 그럼 얼마나 후회를 할지 생각해봐. 자 이제 물에 들어가렴. 그리고 엄마가 이런 이야기를 또 꺼내는 일은 없었으면 좋겠구나.”

피글렛이 아차 했을 땐 이미 목욕통 안에 들어간 뒤였어. 캥거는 비누 거품이 잔뜩 묻은 커다란 목욕수건으로 피글렛을 박박 문지르고 있었고.

“아야! 나갈래! 나는 피글렛이라고!”

피글렛은 고함을 질렀어.

"입을 벌리지 마, 아가야. 비누가 입 안으로 들어가잖니. 거봐! 엄마가 뭐랬니?"

"캥거…… 너…… 일부러 그랬지!"

비누 거품을 닦아내자마자 피글렛은 식식거리며 말했지만…… 그 바람에 또 어쩌다 보니 거품투성이 수건만 입으로 쑥 들어왔지.

"옳지, 아가, 입 다물고 있으렴."

캥거가 말했어. 그러고는 피글렛을 목욕통에서 꺼내 수건으로 물기를 닦아 말려주었어.

"이제 약을 먹고 자자꾸나."

"무, 무, 무슨 약?"

피글렛이 물었어.

"키가 크고 힘이 세지는 약이란다, 아가야. 나중에 커서 피글렛처럼 조그맣고 힘도 없는 약골이 되고 싶지는 않지? 그럼 약 먹자!"

그때 문을 두드리는 소리가 들렸어.

"들어오세요."

캥거가 말하자, 문을 열고 들어온 사람은 바로 크리스토퍼 로빈이었단다.

“크리스토퍼 로빈, 크리스토퍼 로빈! 내가 누군지 캥거한테 말 좀 해줘! 캥거가 나더러 계속 루라고 해. 나는 루가 아니잖아?”

피글렛은 울상을 지으며 소리쳤어.

크리스토퍼 로빈이 피글렛을 아주 찬찬히 뜯어보더니, 고개를 흔들었어.

“네가 루일 리는 없어. 방금 래빗네 집에서 루가 놀고 있는 걸 보고 왔는걸.”

캥거가 말했지.

“이런! 말도 안 돼! 내가 이런 실수를 하다니.”

"그것 봐! 내가 그랬잖아. 난 피글렛이라고."

크리스토퍼 로빈은 이번에도 고개를 가로저었어.

"아냐, 넌 피글렛이 아니야. 내가 피글렛을 잘 아는데, 피글렛은 색깔이 이렇지 않아."

피글렛은 그건 자기가 방금 목욕을 해서 그런 거라고 설명을 하려다가, 그런 말은 하지 않는 게 낫겠다는 생각이 들었어. 그래서 뭔가 다른 말을 하려고 입을 벌린 순간, 캥거가 약이 든 숟가락을 피글렛의 입에 얼른 털어 넣더니 등을 두드려주면서 계속 먹다 보면 아주 맛있는 약이라고 말했어.

그러면서 이렇게 물었지.

"피글렛이 아닌 줄은 알고 있었어. 그럼 누구일까?"

크리스토퍼 로빈이 말했어.

"아마 푸하고 친척인 것 같아. 조카 아니면 삼촌이나 뭐 그런 거 아닐까?"

캥거도 그 말이 맞는 것 같다며 동조했고, 부를 이름이 있어야 할 것 같다고 말했어.

"푸텔이라고 부를래. 헨리 푸텔을 줄인 이름이야."

크리스토퍼 로빈이 말했어.

그리고 이렇게 이름이 정해진 순간, 헨리 푸텔은 몸을 비틀면서 캥거의 팔에서 빠져나와 바닥으로 뛰어내렸어.

천만다행이었던 게 크리스토퍼 로빈이 들어올 때 대문을 닫지 않았던 거야.

헨리 푸텔 피글렛이 그렇게 빨리 뛴 건 평생에 처음이었을 거야. 집이 가까워질 때까지 한 번도 쉬지 않고 계속 달렸어.

그러다가 집 앞까지 몇 백 미터 정도를 남겨두고는 달리기를 멈췄어. 그리고 거기서부터는 집까지 데굴데굴 굴러갔지. 자신만의 몸 색깔을 되찾으려고 말이야…….

그렇게 캥거와 루는 숲에 살게 되었어. 그리고 매주 화요일이 되면 루는 절친한 친구 래빗과 놀았고, 매주 화요일이 되면 캥거는 절친한 친구 푸를 만나 뛰는 법을 가르쳐주었단다. 그리고 매주 화요일이 되면 피글렛은 절친한 친구 크리스토퍼 로빈과 하루 종일 시간을 보냈어. 그렇게 모두들 다시 행복하게 살았대.

8

북극 타몸을 떠나는 친구들

어느 화창한 날에 푸는 친구 크리스토퍼 로빈이 도대체 곰한테 관심이 있기나 한 건지 알아보려고 숲 꼭대기로 터벅터벅 올라갔어. 그날 아침을 먹다가(벌집 한두 개에 마멀레이드를 얇게 바른 간단한 식사였지) 문득 노래 하나가 새로 생각났어. 이렇게 시작하는 노래였지.

'노래해요 호! 곰의 삶을 위하여!'

여기까지 부르고 나서 푸는 머리를 긁적이면서 생각했어.

"첫 소절은 마음에 드는데, 다음 소절은 어떻게 하지?"

푸는 "호"를 두세 번 더 넣어 노래해보았지만 별 도움이 되지 않는 것 같았어.

"'호!' 대신 '히! 곰의 삶을 위하여'가 더 나을지도 몰라."

푸는 가사를 바꿔 불러보았지만 그것도 나을 게 없었지.

"그래, 그럼 뭐. 첫 번째 소절을 두 번 불러야겠어. 그걸 아주 빨리 부르다보면 생각할 틈도 없이 세 번째 소절이랑 네 번째 소절이 저절로 입에서 나올 거야. 그럼 멋진 노래가 만들어지겠지. 자, 해보자."

노래해요 호! 곰의 삶을 위하여!
노래해요 호! 곰의 삶을 위하여!
비가 오든 눈이 오든 나는 괜찮아요.
멋지고 새로운 내 코 위에 꿀이 잔뜩 묻었으니까요!
눈이 오나 눈이 녹으나 나는 상관 안 해요.
멋지고 깨끗한 내 발에 꿀이 잔뜩 묻었으니까요!
노래해요 호! 곰을 위하여!
노래해요 호! 푸를 위하여!
이제 한두 시간만 지나면 난 뭔가 좀 먹을 거예요!

푸는 이 노래가 무척 마음에 들어서, 숲 꼭대기까지 올라가는 내내 노래를 불렀어.

"노래를 나중까지 계속 부르다보면 뭔가 좀 먹을 시간이 될 텐데, 그럼 마지막 소절은 사실과 달라지겠네."

그래서 푸는 마지막 소절을 콧노래로 바꾸어 불렀단다.

크리스토퍼 로빈은 집 앞에 앉아서 커다란 장화를 신는 중이었어. 그 큰 장화를 보자마자, 푸는 곧 모험이 펼쳐지리라는 걸 알게 됐어. 푸는 코에 묻은 꿀을 발등으로 슥 문지르고는, 할 수 있는 만큼 한껏 말쑥하게 몸을 단장했어. 무엇이든 할 준비가 되었다는 걸 보여주려고 말이야.

"안녕, 크리스토퍼 로빈."

푸가 씩씩하게 인사했어.

"안녕, 곰돌아. 장화를 못 신겠어."

"어떡해."

푸가 말했어.

"네가 나 좀 받쳐줄 수 있겠니? 장화를 힘껏 잡아당겨야 하다 보니 자꾸 뒤로 넘어지거든."

푸는 크리스토퍼 로빈과 등을 맞대고 앉아서 발을 있는 힘껏 버티면서 등을 세게 밀었어. 크리스토퍼 로빈도 푸의

등을 힘껏 밀면서 장화를 끙끙대며 잡아당기다 마침내 장화를 신을 수 있었지.

"그럼 그건 됐고, 우리 이제 뭘 하는 거야?"

푸가 물었어.

"모두 다 같이 탐험에 오를 거야."

크리스토퍼 로빈은 자리에서 일어나 옷을 털었어.

"고마워, 푸."

"타몸*에 오른다고?"

푸가 잔뜩 기대하는 얼굴로 말했어.

"나는 그런 걸 해본 적이 없는 것 같아. 타몸에 오르면 어디로 가는 거야?"

* 푸가 '탐험(Expedition)'을 '타몸'이라고 잘못 알아듣고 있다.

"탐험이야, 바보 곰돌아. 중간에 '히읗'이 들어간다고."

"아! 맞아."

하지만 푸는 무슨 말인지 전혀 몰랐어.

"우린 북극을 발견하러 갈 거야."

"와! 북극이 뭐야?"

푸가 물었어.

"그건 그냥 우리가 발견하면 되는 거야."

크리스토퍼 로빈은 별거 아니라는 듯이 말했어. 사실 로빈도 그게 뭔지 잘 몰랐거든.

"아! 곰들도 북극을 발견하는 데 재주가 있을까?"

"그럼, 있지. 래빗이랑 캥거랑 너희들 모두 다 있어. 그리고 그런 게 탐험이야. 탐험이 바로 그런 뜻이거든. 다 같이 길게 줄을 지어가는 거. 네가 다른 친구들한테 준비하라고 알려주는 게 좋겠어. 그동안 나는 내 총에 이상이 없는지 살펴볼게. 그리고 꼭 각자 식량을 가져와야 해."

"뭘 가져오라고?"

"먹을 거 말이야."

"아!"

푸가 행복한 얼굴로 말했어.

"난 네가 식량이라고 말한 줄 알았어. 그럼 가서 친구들한테 알릴게."

푸는 터벅터벅 길을 나섰어.

푸가 처음 만난 친구는 래빗이었어.

"안녕, 래빗. 너 맞지?"

"아닌 척해보자. 그리고 어떤 일이 일어나는지 보자."

래빗이 말했어.

"너한테 할 말이 있는데."

"내가 대신 래빗한테 전해줄게."

"크리스토퍼 로빈이랑 모두 다 같이 타몸에 오를 거야!"

"그게 뭔데 거기 올라?"

"보트 같은 건가 봐."

푸가 말했어.

"아! 그런 거."

"그래. 그리고 가서 극인가 뭔가를 발견할 거야. 아니 븍이었나? 어쨌든 우리가 그걸 발견할 거래."

"우리가, 우리라고?"

"그래. 그리고 또 모두 식인가 뭔가 하는 먹을 걸 가져오랬어. 그걸 먹어야 할지도 모른다고. 그럼 난 피글렛한테 갈게. 캥거한테는 네가 알려줄래?"

푸는 래빗을 그 자리에 남겨두고 서둘러 피글렛네 집으로 내려갔어. 피글렛은 집 앞 마당에 앉아서 행복하게 민들레

홀씨를 입으로 불어서 날리면서, 그 일이 이루어지는 게 올해일지, 내년일지, 다른 언제쯤일지, 아니면 절대 이루어지지 않을지 알아보고 있었어. 그러다가 절대 이루어지지 않을 거라는 결론이 나왔는데, 아무리 생각해도 '그 일'이 뭐였는지 도통 기억이 나질 않는 거야. 그래서 좋은 일은 아니었기를 하고 바라고 있는데, 그때 푸가 찾아온 거야.

푸는 신이 나서 말했어.

"아! 피글렛. 우린 타몸에 오를 거야. 모두 다 같이, 먹을 것도 가져가고. 뭘 발견할 거야."

"뭘 발견하는데?"

피글렛이 걱정스러운 목소리로 물었어.

"아! 그냥 뭐가 있대."

"사나운 건 아니지?"

"크리스토퍼 로빈이 사나운 게 있다는 말은 안 했어. 거기에 '히욹'이 있다고만 하던데."

피글렛은 진지하게 말했어.

"혀는 걱정 안 해. 난 이빨이 무섭거든. 하지만 크리스토퍼 로빈이랑 같이 가면 아무 상관없어."

조금 뒤 모두가 준비를 마치고 숲 꼭대기에 모였고, 타몸

이 시작되었어. 제일 앞에 크리스토퍼 로빈과 래빗이 서고, 그 다음에 피글렛과 푸가, 그 뒤에는 주머니에 루를 안아 든 캥거와 아울이 섰어. 아울 뒤에는 이요르가 있었고, 맨 뒤에는 래빗의 친구와 친척들이 긴 줄로 늘어서 있었지.

"내가 오라고 한 게 아니야."

래빗은 별일 아니라는 듯이 말했어.

"자기들 마음대로 온 거야. 항상 저런다니까. 맨 끝에 이요르 뒤에 서서 따라오면 되지, 뭐."

"내 생각은 말이지……."

이요르가 말했어.

"그러면 불편하다는 거야. 난 이 타…… 그러니까, 푸가

말한 여기 오르고 싶지 않았어. 단지 꼭 와달라고 해서 왔을 뿐이야. 하지만 이왕에 나는 여기 왔으니까, 내가 이 타…… 그러니까 줄을 서야 한다면 내가 맨 끝이었으면 했어. 그런데 만약에 내가 잠시 앉아서 쉬려고 할 때마다 저 조그마한 래빗의 친구와 친척들 절반을 밀어내야 한다면, 이건 타……인지 뭔지 전혀 그게 아니라 그저 어수선한 소란일 뿐이지. 이건 어디까지나 내 생각일 뿐이야."

아울이 말했어.

"이요르가 무슨 말을 하는지 알겠어. 만약 나한테 묻고 있는 거라면……."

"난 누구한테 묻고 있는 게 아니야. 그냥 모두에게 말한 거야. 북극을 찾으러 가든, '다함께 산사나무 열매와 도토리를 주우러 가기' 놀이를 하다가 개미집에서 끝내고 헤어지든, 나한테는 다 똑같아."

그때 줄 맨 앞에서 크게 외치는 소리가 들렸어.

"출발!"

크리스토퍼 로빈이 외쳤어.

"출발!"

푸와 피글렛도 외쳤어.

"출발!"

아울도 따라서 외쳤어.

"출발하나봐. 난 가봐야겠어."

래빗은 헐레벌떡 타몸대 선두로 뛰어가서 크리스토퍼 로빈과 나란히 섰어.

이요르가 말했어.

"그래, 좋아. 가자고. 나한테 뭐라고 하지만 마."

이렇게 모두 함께 극을 발견하러 길을 떠났단다. 걸어가면서 친구들은 재잘재잘 잡담을 나누느라 바빴지만, 푸만 혼자 말이 없었지. 노래를 만들고 있었거든.

"이게 1절이야."

준비가 끝나자 푸는 피글렛에게 말했어.

"무슨 1절?"

"내 노래."

"무슨 노래?"

"이 노래."

"어떤 노래?"

"저기, 피글렛, 노래는 잘 들어보면 들릴 거야."

"내가 듣는지, 안 듣는지 네가 어떻게 알아?"

이 질문에는 대답할 말이 생각이 나질 않아서 푸는 노래를 부르기 시작했어.

모두 함께 극을 발견하러 떠났어.
아울과 피글렛과 래빗과 모두 함께.
그건 그냥 우리가 발견하면 되는 거래.
아울과 피글렛과 래빗과 모두 함께.
이요르와 크리스토퍼 로빈과 푸도 함께.
그리고 래빗의 친척들도 모두 떠났어.
극이 어디 있는지는 아무도 몰라…….
노래하자 헤이! 아울과 래빗과 모두를 위하여!

"쉿!"

크리스토퍼 로빈이 푸를 돌아보았어.

"우린 지금 막 위험 지역에 다가가고 있어."

"쉿!"

푸가 재빨리 피글렛을 돌아보며 말했어.

"쉿!"

피글렛은 캥거에게 전달했어.

"쉿!"

캥거가 아울에게 말을 전하는 동안, 루는 "쉿!" 하고 귓속말처럼 작은 소리로 몇 번이나 혼자 말하고 또 말했지.

"쉿!"

아울은 이요르에게 말했어.

"쉿!"

이요르는 다 죽어가는 목소리로 래빗의 친구와 친척들에게 말했고, 래빗의 친구와 친척들은 허둥지둥 "쉿!", "쉿!" 하면서 긴 줄을 따라 맨 마지막 타몸대원에게까지 말을 전달했어. 줄 맨 끝에 서 있던 타몸대원은 래빗의 친구와 친척들 가운데 가장 몸집이 작은 친구였는데, 타몸대 전체가 자기한테 "쉿!"이라고 말하는 걸 보고는 너무 당황한 나머지, 땅바닥이 갈라진 틈새에 머리를 틀어박고 위험이 사라질 때까지 꼬박 이틀을 꼼짝도 않고 기다렸대. 그러고는 허둥지둥 집으로 돌아가서 자기 친척 아주머니와 함께 오래오래

조용하게 살았대. 그 작은 친구 이름이 아마 알렉산더 비틀이었던가 그랬지.

타몸대는 높다란 바윗돌들 사이로 굽이굽이 세찬 물살이 떨어져 내리는 냇가에 다다랐어. 크리스토퍼 로빈은 한눈에 그곳이 얼마나 위험한 곳인지 알아차렸어.

"기습하기에 딱 좋은 곳이야."

크리스토퍼 로빈이 설명해주었어.

"무슨 숲이라고? 가시금작화 숲?"

푸가 작은 소리로 피글렛에게 물었어.

아울이 거드름을 피우며 말했지.

"이런, 푸, 너 기습이 뭔지 모르는 거야?"

"아울."

피글렛은 나무라는 눈으로 아울을 돌아보았어.

"푸가 귓속말을 한 건 나한테만 들으라고 얘기한 거잖아. 그런 얘기에 굳이……."

"기습이라는 건 말하자면 깜짝 놀라게 하는 거지."

아울은 들은 체도 하지 않고 말했어.

"가시금작화 숲도 그럴 때가 있어."

푸가 말했어.

"내가 푸에게 설명하려고 했는데, 기습이란, 말하자면 깜짝 놀라게 하는 거야."

피글렛이 말했어.

"누가 네 앞에 갑자기 튀어나오면, 그게 기습이야."

아울이 말했어.

"기습이란 누가 네 앞에 갑자기 튀어나오는 거야."

피글렛도 똑같이 설명했어.

이제 기습이 무엇인지 알게 된 푸는 언젠가 가시금작화 숲이 갑자기 자기한테 홱 튀어나온 적이 있다고 말했어. 자기가 나무에서 떨어졌을 때 일인데, 그 가시를 다 뽑느라 엿새나 걸렸다고 말이야.

"지금 가시금작화 얘기를 하는 게 아니잖아."

아울은 약간 짜증을 내며 말했어.

"나는 그 얘기를 하고 있는 건데."

타몸대는 바위를 건너고 또 건너며 아주 조심스럽게 냇가를 따라 올라갔어. 그리고 얼마 가지 않아 냇가 양옆으로 비탈이 넓어지는 공간이 나왔어. 그러니까 냇가 양옆으로 모두 앉아서 쉴 수 있을 만큼 평평하고 기다란 풀밭이 나타난 거지. 풀밭을 보자마자 크리스토퍼 로빈은 "정지!"라고 외쳤고, 모두들 그곳에 앉아서 쉬었어.

크리스토퍼 로빈이 말했어.

"이제 우리가 가져온 식량을 다 먹어서 짐을 줄여야 할 것 같아."

"우리가 뭘 다 먹는다고?"

푸가 물었어.

"우리가 가져온 거 다 말이야."

피글렛은 이렇게 말하고 가져온 음식을 먹기 시작했어.

"그것 참 좋은 생각이야."

푸도 가져온 음식을 먹기 시작했지.

"너희 모두 뭔가 갖고 왔지?"

크리스토퍼 로빈이 한입 가득 우물거리면서 물었어.

"나만 빼고 다 가져왔구나."

이요르가 말했어.

"항상 그렇지."

이요르는 우울한 표정으로 주변을 두리번거렸어.

"혹시라도 엉겅퀴를 깔고 앉거나 한 친구는 없겠지?"

"내가 그런 것 같아. 아야!"

푸는 자리에서 일어나 자기 엉덩이를 돌아보았어.

"역시 그랬어. 그런 것 같았다니까."

"고마워, 푸. 엉겅퀴한테 더 이상 볼일이 없다면, 그럼."

이요르는 푸 자리로 건너가서 엉겅퀴를 먹기 시작했어.

"있잖아, 이렇게 깔고 앉는 건 엉겅퀴한테 좋을 게 없어."

이요르가 엉겅퀴를 우적우적 씹으면서 푸를 쳐다봤어.

"이렇게 다 풀이 죽어버리잖아. 이 다음엔 기억해둬. 너희들 모두. 조금만 배려하고, 조금만 남을 생각해봐. 모든 게 달라질 거야."

점심식사를 마치자마자 크리스토퍼 로빈은 래빗에게 뭐라고 귓속말을 소곤거렸어.

"그래, 알았어. 물론이지."

래빗이 대답했어. 둘은 냇가 위쪽으로 조금 더 걸어 올라갔지.

"다른 친구들은 듣지 않았으면 해서 말이야."

크리스토퍼 로빈이 말했어.

"그건 그렇지."

래빗은 으스대며 말했어.

"그게…… 궁금한 게 뭐냐면…… 래빗, 너도 잘 모르겠지만, 북극은 어떻게 생겼니?"

"글쎄."

래빗이 콧수염을 쓰다듬었어.

"그걸 나한테 묻는다는 거지."

"전에는 알고 있었는데 지금은 잊어버린 것 같아서 그래."

크리스토퍼 로빈이 큰 문제는 아니라는 듯이 말했어.

"이상한 일이네. 나도 좀 잊어버린 것 같거든. 전에는 알고 있었는데."

"그냥 땅에 박힌 막대기 아닐까?"*

래빗이 말했어.

* 북극의 영어 표기인 North Pole에서 North는 '북쪽'을, Pole은 '지구의 극'을 뜻하는데, Pole에는 막대기라는 뜻도 있다.

"막대기인 건 분명해. 이름이 그렇잖아. 그리고 그게 막대기라면 어쨌든 땅에 꽂혀 있다고 봐야겠지. 막대기가 꽂혀 있을 곳이 땅밖에 더 있겠어?"

"맞아. 나도 그렇게 생각했어."

"이제 남은 문제는 막대기가 꽂힌 거기가 어딘지 알아내는 거야."

래빗이 말했어.

"우리가 찾는 게 바로 그거야."

크리스토퍼 로빈이 말했어.

둘은 다른 친구들이 있는 곳으로 돌아갔어. 피글렛은 바닥에 드러누워서 새근새근 잠들어 있었지. 루는 냇물에 얼굴이랑 발을 씻고 있었고, 캥거는 그 모습을 보면서 루가 태어나서 처음으로 혼자서 씻는 거라고 모두에게 자랑을 하고 있었어. 아울은 캥거에게 재미있는 일화를 들려준다며 백과사전이 어떻고 진달래 속 식물이 어떻고 하며 어려운 말들을 줄줄 떠들어 댔지만 캥거는 듣고 있지 않았지.

이요르는 툴툴거렸어.

"저런 식으로 씻는 건 정말이지 말도 안 돼. 현대식이라느니 하면서 터무니없이 귀 뒤쪽을 씻으라니. 너는 어떻게 생

각해, 푸?"

"음, 내 생각에는……."

하지만 푸가 어떻게 생각하는지 우린 영영 듣지 못할 것 같아. 갑자기 루가 찍찍거리는 소리가 들리더니 물이 첨벙했고, 캥거가 다급하게 비명을 질렀거든.

"세수를 심하게 했나봐."

이요르가 말했어.

"루가 빠졌어!"

래빗이 소리치면서 크리스토퍼 로빈과 함께 루를 구하려

고 황급히 달려왔어.

"나 수영하는 것 좀 봐요!"

물웅덩이 한가운데에서 루가 찍찍대더니, 금세 폭포에 휩쓸려 다음 물웅덩이로 떠내려갔어.

"루, 너 괜찮니? 아가야!"

캥거가 걱정스레 소리쳤어.

"네! 나 수영하는 것 조……."

루는 다시 폭포에 휩쓸려 물웅덩이로 떠내려갔단다.

모두가 루를 도우려고 하고 있었어. 잠이 확 달아난 피글렛은 벌떡 일어나 팔딱팔딱 뛰면서 "어어, 어떡해"를 반복했고, 아울은 이처럼 갑작스럽고 일시적인 입수 사태가 벌어질 경우 반드시 머리를 수면 위로 내민 자세를 유지해야 한다고 설명하고 있었어. 캥거는 냇가 비탈을 따라 뛰어내려가며 "루, 아가, 너 정말 괜찮니?"라고 소리쳤는데, 정작 루는 캥거가 물을 때마다 어느 웅덩이에 있든 "나 수영하는 것 좀 봐요!" 하고 대답했지. 이요르는 뒤로 돌아 루가 처음에 빠졌던 웅덩이에 꼬리를 담그고는, 사고가 일어난 곳을 등지고 서서 이렇게 말했어. "저렇게 씻어서야. 어쨌든 내 꼬리를 잡아, 꼬마 루. 그럼 괜찮을 거야." 크리스토퍼 로빈과 래빗은 그런 이요르를 급히 지나쳐 가며 앞에 있는 친구들에게 고함치고 있었어.

"괜찮아, 루. 내가 갈게."

크리스토퍼 로빈이 소리쳤어.

"몇 명은 저 아래로 내려가서 시내 위에 뭘 좀 걸쳐 놔."

래빗이 말했어.

그런데 푸가 뭔가를 들고 있었어. 루가 있는 곳보다 웅덩이 두 개를 더 내려간 곳에서 푸가 기다란 막대기를 하나 들고 서 있었던 거야. 캥거가 와서 막대기의 반대쪽 끝을 잡았어. 둘은 함께 웅덩이 얕은 곳에 막대기를 걸쳐 놓았지. 그러자 여전히 우쭐해서 "나 수영하는 것 좀 봐요"라고 보글거리며 졸졸 흘러내려오던 루가 막대기를 타고 올라와 물 밖으로 나왔어.

"나 수영하는 거 봤어요?"

루는 신이 나서 찍찍거렸어. 캥거는 그런 루를 꾸짖으며 몸을 닦아주었지.

"푸, 나 수영하는 거 봤어? 그게 수영이라는 거야. 내가 했던 거 말이야. 래빗, 내가 하는 거 봤어? 나 수영했어. 안녕, 피글렛! 내 말 좀 들어봐, 피글렛! 내가 뭘 하고 있었는지 알아? 수영이야! 크리스토퍼 로빈, 내가 수영하는 거……."

하지만 크리스토퍼 로빈은 그 말을 듣고 있지 않았어. 푸를 쳐다보느라 아무 말도 들리지 않았거든.

"푸, 그 막대기 어디서 찾았어?"

푸는 들고 있던 막대기를 내려다보았어.

"그냥 찾았는데. 쓸모가 있을 것 같아서 그냥 주워 왔어."

"푸."

크리스토퍼 로빈이 진지하게 말했지.

"탐험은 끝났어. 네가 북극을 찾았어!"

"정말?"

푸가 말했어.

모두들 제자리로 돌아와 보니, 이요르는 여전히 꼬리를 웅덩이에 담근 채 앉아 있었어.

"루한테 서두르라고 누가 말 좀 해. 내 꼬리가 점점 차가워지고 있어. 이런 말은 하고 싶지 않은데, 그냥 뭐 그렇다고 말만 하는 거야. 불평하는 건 아니지만 그게 그렇잖아. 꼬리가 춥다고."

"나 여기 있는데요!"

루가 찍찍 말했어.

"아, 거기 있었구나."

"나 수영하는 거 봤어요?"

이요르는 웅덩이에 담그고 있던 꼬리를 꺼내 이리저리 휙휙 휘둘렀단다.

"예상했던 대로야. 아무 감각이 없어. 마비된 거야. 결국 그렇게 된 거야. 마비돼 버렸어. 뭐, 아무도 관심이 없는데 나도 괜찮다고 해야겠지."

"가엾은 이요르. 내가 대신 말려줄게."

크리스토퍼 로빈은 손수건을 꺼내 이요르의 꼬리를 닦아주었어.

"고마워, 크리스토퍼 로빈. 내 꼬리를 생각해줄 친구는 너밖에 없는 것 같아. 다른 애들은 생각을 안 해. 바로 그게 다른 애들의 문제점이야. 도대체 상상력라고는 찾을 수 없지.

재들은 꼬리가 엉덩이에 장식으로 붙어 있는 장신구인 줄 안다니까."

"신경 쓰지 마, 이요르."

크리스토퍼 로빈은 열심히 꼬리를 닦았어.

"좀 나아졌어?"

"아까보다는 꼬리 같은 느낌이 들어. 이제야 내 거 같아. 무슨 말인지 알지?"

"안녕, 이요르."

푸가 자신이 찾은 막대기를 들고 다가왔어.

"안녕, 푸, 물어봐줘서 고마워. 그래도 하루, 이틀 지나면 다시 쓸 수 있을 거야."

"쓰다니, 뭘?"

"지금 얘기하고 있던 거 말이야."

"난 아무 얘기도 안 했는데."

푸가 어리둥절해서 말했어.

"또 내가 잘못 들었나봐. 난 내 꼬리가 마비된 것 때문에 네가 정말 안됐다고 하는 줄 알았어. 뭐 도와줄 거 없냐고도 묻고."

"아닌데. 난 안 그랬는데."

푸는 잠시 생각하더니 위로가 될까 싶어 이렇게 말했어.

"아마 나 말고 다른 누가 그랬나봐."

"그래, 그럼 누군지 만나면 내 대신 고맙다고 전해줘."

푸가 무언가를 간절히 바라는 얼굴로 크리스토퍼 로빈을 쳐다보았어.

"푸가 북극을 찾아냈어. 정말 근사하지 않아?"

크리스토퍼 로빈이 말했어.

푸는 겸손하게 땅을 내려다보았지.

"저게 그거야?"

이요르가 물었어.

"그래."

크리스토퍼 로빈이 말했어.

"저게 우리가 찾던 거라고?"

"응."

푸가 말했어.

"아!"

이요르가 말했어.

"그래, 어쨌든…… 비는 안 왔네."

타몸대는 막대기를 땅에 꽂았고, 크리스토퍼 로빈은 그

위에 이런 글귀를 적어 매달았지.

북극

발견자 푸

푸가 북극을 찾아내다

그러고는 다 함께 집으로 돌아갔어. 그리고 이건 내 생각인데, 확실한 건 아니지만, 그날 루는 따뜻한 물로 목욕을 하고 바로 잠자리에 들었을 거야. 그런데 푸는 집으로 돌아가서 자기가 해낸 일을 무척 뿌듯해하며, 기운을 찾으려고 맛있는 걸 먹었단다.

NorTH PoLE
DICSovERED By
POOH
POOH FOUND IT

9

피글렛을 도와줘

비가 내리고, 내리고, 계속 내렸어. 피글렛은 살면서 평생 이런 비는 처음 본다고 혼잣말처럼 중얼거렸단다. 그런데 세상에, 피글렛은 자기 나이가 몇 살인지도 몰라서 세 살인지 네 살인지 생각하고 있었지.

비는 하루가 지나고, 이틀이 지나고, 또 몇 날 며칠이 지나도록 계속 내렸어.

피글렛은 창밖을 내다보면서 생각했어.

"비가 처음 내리던 날 푸네 집이나 크리스토퍼 로빈네 집이나 래빗네 집에 갔더라면 비가 내리는 동안 친구랑 함께 있었을 텐데. 지금처럼 비가 언제 그칠지만 궁금해하면서 할 일도 없이 내내 혼자 있지 않아도 되고 말이야."

피글렛은 푸와 함께 있다고 상상을 해보았어.

피글렛이 이렇게 묻겠지.

"이런 비를 본 적이 있니, 푸?"

그러면 푸는 이렇게 대답하겠지.

"정말 엄청난 비 아니니, 피글렛?"

또, 피글렛은 이렇게 묻겠지.

"크리스토퍼 로빈네 집 쪽은 괜찮을까?"

그러면 푸는 또 이렇게 대답하겠지.

"가엾은 래빗은 지금쯤 물에 떠내려가기 직전일 거야"

이런 이야기를 나눈다면 정말 행복했을 거야. 정말이지 홍수가 나는 것처럼 신나는 일도 누군가랑 함께 겪지 않는다면 별로 재미가 없는 거지.

사실 조금 신나긴 일이긴 하잖아. 피글렛이 걸핏하면 코를 들이밀고 킁킁거렸던 말라붙은 작은 도랑은 물이 차서 시내가 되었고, 물을 참방거리며 건너던 작은 시내는 강이 되었고, 친구들과 즐겁게 놀던 강물은 가파른 비탈 위로 차오르고 넘쳐서 사방으로 흘러들었거든. 그러고 보니 피글렛

RESPASSERS
W

은 그 물이 자기 방까지 흘러들지도 모른다고 생각했어.

"조금 걱정은 되네."

피글렛은 혼자 말했어.

"아주 작은 동물이 물에 완전히 갇히는 거니까. 크리스토퍼 로빈하고 푸는 나무를 타고 빠져나가면 되고, 캥거는 깡충깡충 뛰어서 탈출할 수 있고, 래빗은 굴을 파서 도망갈 수 있잖아. 또 아울은 날아서 달아나면 되고, 이요르는…… 이요르는 누가 구해주러 올 때까지 시끄럽게 울면 되겠지. 나는 여기서 물에 둘러싸여 아무것도 할 수가 없어."

비는 그칠 기미를 보이지 않고 계속 내렸어. 물은 날마다 조금씩 더 높이 차올라서 이제는 거의 피글렛네 집 창문 밑에서 출렁이고 있었지…… 그런데 피글렛은 여전히 아무런 대책이 없었어.

피글렛은 생각했어.

"푸는 그래. 푸는 머리는 좋지 않아도 절대 나쁜 일을 당하거나 하지 않아. 바보 같은 짓을 해도 나중에 보면 그게 잘한 거고. 아울은…… 아울은 엄밀히 말해서 머리가 좋다고 할 수는 없지만 아는 게 많아. 아울이라면 물에 둘러싸였을 때 해야 할 일도 알고 있을 거야. 래빗은 어떨까? 래빗은 책에서 배운 건 아니지만, 항상 기발한 계획을 세울 줄 알아. 캥거도 있지. 캥거는 똑똑하진 않아. 하지만 루를 무척 걱정하다보니 일부러 뭘 생각하지 않더라도 본능적으로 옳은 일을 잘 찾는단 말이야. 그리고 참, 이요르…… 이요르야 맨날 불행해 하니까 이 정도는 신경 쓰지 않을 거야. 그런데 크리스토퍼 로빈이라면 이 상황을 어떻게 할까?"

그때 문득 피글렛은 크리스토퍼 로빈이 들려주었던 이야기가 떠올랐어. 무인도에 갇힌 어떤 남자가 병에다가 편지를 넣어 바다로 던졌다는 내용이었지. 피글렛은 자기도 뭔가 글을 적어 병에 넣은 다음 냇물에 던지면, 혹시 누군가 구하러 올지도 모른다는 생각이 들었어!

피글렛은 창가에서 물러나 온 집을 뒤지기 시작했어. 물에 잠기지 않은 곳들을 샅샅이 살펴보다보니 마침내 연필 한 자루와 물에 젖지 않은 작은 종잇조각 하나와 코르크 마개가 있는 병 한 개가 나왔어. 피글렛은 종이 한 면에 이렇게 썼어.

도와줘!

피글렛 (나를)

그러고는 종이를 뒤집어서 또 이렇게 적었지.

나 피글렛이야. 도와줘 도와줘!

피글렛은 종이를 병에 넣고 코르크 마개를 있는 힘껏 꽉 막은 다음 창밖으로 떨어지지 않을 만큼 몸을 한껏 쑥 내밀고 온 힘을 다해 병을 던졌어…… 첨벙! 잠시 후에 깐닥깐닥하며 병이 물 위로 떠올랐어. 피글렛은 병이 저 멀리 서서히 떠내려가는 광경을 지켜보았어. 하염없이 병을 쳐다보다가 눈이 아플 지경이 되었을 즈음, 병은 어느새 병 같아 보이기도 하고 그냥 잔물결 같아 보이기도 했지. 그러다가 어느 순간 피글렛은 이제 다시는 병을 볼 수 없을 거라는 사실을 깨달았어. 스스로를 구하기 위해 할 수 있는 일을 다했다는 생각도 들었지.

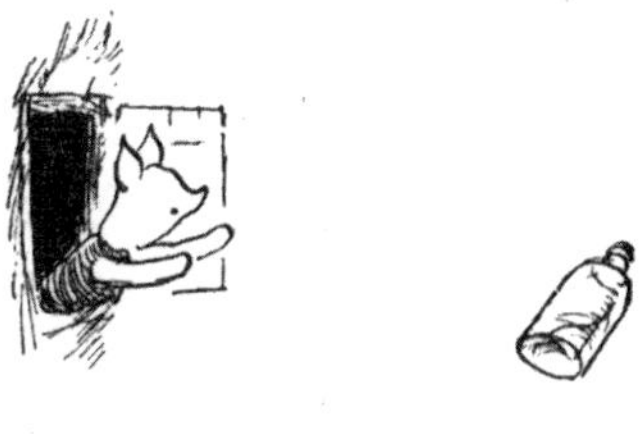

"이제는 다른 누군가가 뭔가를 해줘야 해. 그 뭔가를 빨리 해주면 좋겠다. 그렇지 않으면 내가 헤엄을 쳐야 할 텐데, 난 헤엄을 못 치잖아. 그러니까 빨리 해주면 좋겠어."

피글렛은 한숨을 길게 내쉬었어.

"푸가 여기 있다면 얼마나 좋을까. 둘이 있으면 훨씬 마음이 편할 텐데."

비가 내리기 시작했을 때 푸는 잠을 자고 있었어. 비가 내리고, 내리고 또 내리는 동안, 푸는 자고, 자고, 또 잤지. 그날 푸는 아주 피곤했거든. 기억하겠지만 푸가 북극을 발견했잖아. 그래, 푸는 이 사실이 무척 자랑스러워서 크리스토퍼 로빈에게 물었어. 머리가 아주 나쁜 곰이 발견할 수 있는 극이 또 있냐고 말이야.

크리스토퍼 로빈이 말했어.

"극이라면 남극도 있는데, 사람들은 말하기를 꺼려하지만 동극하고 서극도 있을 거야."

푸는 이 말을 듣고 무척 들떠서는, 동극을 발견하러 가는 타몸도 떠나자고 제안했어. 그런데 크리스토퍼 로빈은 캥거와 다른 일을 할 생각이었거든. 그래서 푸는 혼자서 동극을 발견하러 떠났던 거야. 푸가 동극을 발견했는지 어쨌는지는 기억나지 않지만, 얼마나 녹초가 돼서 집에 돌아왔는지 저녁을 먹다 말고, 그러니까 저녁 식사를 시작한 지 삼십 분 남짓 지났을 때쯤, 의자에 앉은 채로 곤히 잠이 들고 말았단다. 그렇게 자고, 자고, 또 잤던 거야.

푸는 자면서 어느새 꿈을 꾸고 있었어. 푸가 동극에 있었는데, 그곳은 난생 처음 느껴보는 차가운 눈과 얼음 같은 게 온통 뒤덮인 무척 추운 곳이었어. 그곳에서 푸는 들어가서 잠을 잘 수 있는 벌집을 하나 발견했는데, 그 벌집은 다리까지 들어갈 만큼 크지는 않아서 다리는 벌집 밖에 내놓고 있을 수밖에 없었어. 그런데 동극에 사는 것처럼 보이는 야생 우즐이 오더니, 제 새끼들이 살 둥지를 만드는 데 쓰려고 푸의 다리털을 야금야금 다 뜯어버린 거야. 다리털을 뽑히면 뽑힐수록 점점 더 추워졌지. 그러다가 푸는 "아야!" 하고 외치면서 갑자기 잠에서 깨어났어. 잠에서 깨어나 보니 의자에 앉아 발을 물에 담그고 자고 있었던 거지. 사방은 물바다였고 말이야.

푸는 첨벙거리면서 문이 있는 곳으로 걸어가서 밖을 내다보았어…….

"야단났네. 여기서 빠져나가야겠어."

푸는 제일 큰 꿀단지를 꺼내들고, 물에서 멀찌감치 떨어져 높이 뻗은 굵직한 나뭇가지 위로 대피했어. 그러고는 다시 내려와서 다른 꿀단지를 챙겨 나왔고…… 마지막 대피를 끝낸 푸는 나뭇가지 위에 올라가 다리를 달랑달랑 흔들며 앉았지. 푸 옆에는 꿀단지 열 개가 놓여 있었고…….

이틀이 지난 뒤, 푸는 여전히 나뭇가지 위에 다리를 달랑달랑 흔들며 앉아 있었고, 푸 옆에는 꿀단지 네 개가 남아 있었어…….

사흘이 지난 뒤, 푸는 아직 나뭇가지 위에 다리를 달랑달랑 흔들며 앉아 있었고, 옆에는 꿀단지 한 개가 남아 있었어.

나흘이 지난 뒤, 푸만 덩그러니 있었어…….

그리고 바로 나흘째 되던 그날 아침, 푸가 앉아 있던 나뭇가지 밑으로 피글렛이 띄워 보낸 병이 떠내려가는 걸 본 거야. 푸는 "꿀이다!" 하고 외치며 물속으로 뛰어들어서 병을 붙잡았고, 간신히 나무로 되돌아왔어.

"이게 뭐람!"

병뚜껑을 열어본 푸가 말했어.

"쓸데없이 홀딱 젖었네. 이 종이 쪼가리는 뭐하는 거람?"

푸는 종이를 꺼내서 들여다보았지.

"이건 푠지*잖아. 맞아, 이거 그거야. 그럼 이 글자는 '피�史'이고, 이것도, 또 이것도 '피윺.' 그러니까 '피윺'은 '푸'를 말하는 거고, 그럼 이건 나한테 아주 중요한 푠지야. 그런데 나는 읽을 수가 없잖아. 크리스토퍼 로빈이나 아울이나 피

* 푸는 편지를 푠지로 잘못 발음하고 있다.

글렛이나, 글을 읽을 줄 아는 이런 똑똑한 친구를 찾아봐야겠어. 그럼 이 편지가 무슨 뜻인지 알려주겠지. 그런데 나는 수영을 못하는데. 이게 뭐람!"

그때 푸에게 좋은 생각이 떠올랐어. 머리가 별로 좋지 않은 곰이 생각한 것 치고는 아주 괜찮은 발상이었지.

"병이 물에 뜬다는 건 단지도 물에 뜬다는 말이잖아. 그리고 단지가 물에 뜬다면 내가 그 위에 앉아서 가면 되는 거고. 아주 큰 단지라면 될 거야."

그래서 푸는 제일 큰 단지를 꺼내 뚜껑을 꽉 막았어.

"배라면 이름이 있어야 하니까 내 배는 '둥둥 곰' 호라고 불러야지."

푸는 이렇게 말하고 배를 물 위로 떨어뜨린 뒤 자신도 그 위로 뛰어내렸어.

잠깐 동안은 푸와 '둥둥 곰' 호 둘 중 어느 쪽이 배인지 판

가름이 잘 안 났는데, 한두 번 엎치락뒤치락하더니 '둥둥 곰' 호가 아래로 편안히 자리 잡고, 푸가 그 위에 의기양양하게 올라타서는 두 발로 힘차게 노를 젓기 시작했지.

크리스토퍼 로빈은 숲에서 가장 높은 꼭대기에 살았어. 비가 내리고, 내리고, 또 내렸지만, 크리스토퍼 로빈네 집에는 물이 차지 않았지. 골짜기를 내려다보며 사방에 넘실대는 물을 바라보는 것도 재미나긴 했지만, 비가 워낙 억수로 퍼부으니 대부분은 집 안에서 이런저런 생각을 하며 시간을 보냈단다. 크리스토퍼 로빈은 아침마다 우산을 쓰고 물이 차오른 곳까지 나가 막대기를 꽂아두었는데, 다음날 아침에

나가보면 막대기가 보이지 않아서, 다시 물이 차오른 곳에 다른 막대기를 꽂아 표시한 뒤 집으로 돌아오곤 했지. 매일 아침 걸어 나갔다가 돌아오는 거리는 날마다 점점 짧아졌단다. 닷새째 되던 날 아침에 보니, 집 주변이 온통 물에 잠겨 있었어. 크리스토퍼 로빈도 이런 일은 평생 처음이었지. 로빈이 서 있는 곳이 진짜 섬이 되다니! 그건 정말 신나는 일이었어.

바로 이날 아침, 아울이 물 위로 날아와 친구인 크리스토퍼 로빈에게 "어떻게 지내?" 하며 안부를 물었단다.

"있지, 아울. 재미있지 않니? 내가 섬에 있어!"

크리스토퍼 로빈이 말했어.

"최근에 대기 상태가 몹시 불안정했어."

아울이 말했어.

"최근에 뭐라고?"

"계속 비가 내렸다고."

아울이 설명했어.

"그래. 그랬어."

크리스토퍼 로빈이 말했어.

"수위가 전례 없는 수준으로 상승했지."

"누가?"

"물이 많이 불었다고."

아울이 설명했어.

"맞아."

"그렇지만 급속도로 대기 상태가 좋아질 거라는 전망이야. 지금이라도……."

"너 푸 봤니?"

"아니. 지금이라도……."

"별일 없어야 할 텐데."

크리스토퍼 로빈이 말했어.

"푸가 잘 지내는지 궁금하던 참이었거든. 피글렛이랑 같이 있을 것 같은데. 아울, 둘 다 괜찮을까?"

"그럴 거야. 그러니까 지금이라도……."

"아울, 네가 가서 봐봐. 푸는 머리가 별로 좋지 않아서 혹시 바보 같은 짓을 저지를지도 모르거든. 나는 푸를 정말 사랑한단 말이야. 아울, 가볼 거지?"

"그래 그럼. 가볼게. 금방 올게."

아울은 날아갔다가 잠시 뒤에 다시 돌아왔어.

"푸가 없어."

아울이 말했어.

"없다고?"

"원래 거기 있었거든. 푸네 집밖에 있는 나뭇가지에, 꿀단지 아홉 개를 가지고 앉아 있었어. 그런데 지금은 그 자리에 없어."

"아, 푸! 너 어디 있는 거니?"

크리스토퍼 로빈은 크게 소리쳤어.

"나 여기 있어."

그때 뒤에서 조그맣게 우물거리는 목소리가 들렸어.

"푸!"

둘은 서로에게 달려가서 부둥켜안았어.

조금 있다가 마음이 진정된 크리스토퍼 로빈이 물었어.

"여기까지 어떻게 온 거니, 푸?"

푸는 자랑스레 대답했지.

"내 배를 타고 왔지. 매우 중요한 편지가 담긴 병을 받았는데, 눈에 물이 조금 들어가서 읽을 수가 없었어. 그래서 편지를 갖고 너한테 온 거야. 내 배를 타고 말이야."

푸는 크리스토퍼 로빈에게 편지를 건네주었어.

"이건 피글렛이 보낸 거잖아!"

크리스토퍼 로빈이 종이에 적힌 내용을 읽고는 외쳤어.

"거기 푸에 대한 얘기는 하나도 없어?"

푸가 어깨너머로 들여다보며 물었어.

크리스토퍼 로빈은 메시지를 큰 소리로 읽었어.

"아, 그 '피윶'들이 피글렛이야? 난 푸인 줄 알았어."

"우린 당장 피글렛을 구하러 가야 돼! 푸, 나는 피글렛이 너랑 같이 있는 줄 알았어. 아울, 네가 피글렛을 등에 태워 올 수 있겠니?"

아울은 진지하게 생각해보고 나서 대답했어.

"그건 안 될 것 같은데. 좀 불안해서 말이야. 과연 내 등 근육이 피글렛 무게를 버틸 수 있을지 의문이야……."

"그럼 당장 피글렛에게 날아가서 우리가 구해주러 간다고 말해줄래? 그럼 푸하고 내가 구조 방법을 생각해서 최대한 빨리 갈게. 아니, 말할 시간이 없어, 아울, 얼른 가!"

그러자 여전히 할 말을 생각하고 있던 아울이 피글렛에게 날아갔지.

"자, 그럼 푸, 네 배는 어디 있니?"

"미리 말해둘 게 있는데."

푸는 크리스토퍼 로빈과 함께 섬 기슭으로 걸어가면서 설명했어.

"내 배는 그냥 보통 배가 아니거든. 그냥 배랑 똑같을 때도 있는데 어쩔 땐 사고뭉치야. 상황에 따라 달라."

"무슨 상황?"

"내가 위에 있을 때하고 밑에 있을 때하고 뭐 그런……."

"아! 그런데 배는 어디 있어?"

"저기!"

푸가 자랑스레 '둥둥 곰' 호를 가리켰어.

'둥둥 곰' 호는 크리스토퍼 로빈이 기대했던 배는 아니었어. 하지만 그 배를 보면 볼수록 푸가 참으로 용감하고 똑똑한 곰이란 생각이 들었어. 그리고 크리스토퍼 로빈이 이런 생각을 하면 할수록, 푸는 겸손하게 눈을 밑으로 내리고 그렇지 않은 것처럼 보이려고 노력했어.

"그런데 우리 둘이 타기에는 너무 작아."

크리스토퍼 로빈이 안타까워하며 말했어.

"피글렛까지 하면 셋이야."

"셋이 타기에는 더 작지. 푸, 우리 이제 어떻게 하지?"

그때 이 곰이, 곰돌이 푸라고 하기도 하고 위니 더 푸라고 하기도 하며, 피친*이고 래벗**이자 극발***이며 이위이자 이꼬****인, 그러니까 푸가 말이야, 무척 똑똑한 말을 하는 바람에 크리스토퍼 로빈은 입을 떡 벌리고 푸를 멍하니 쳐다보면서 이 곰이 정말 자신이 그토록 오랫동안 알고 지내고 사랑했던, 머리가 별로 좋지 않은 그 곰이 맞을까 하고 의아해할 수밖에 없었어.

푸는 이렇게 말했지.

"네 우산을 타고 가면 될 것 같아."

"?"

"네 우산을 타고 가면 될 것 같다고."

"??"

"네 우산을 타고 가면 된다니까."

"!!!!!!"

그제야 크리스토퍼 로빈은 그렇게 하면 되겠다는 생각이 들었어. 크리스토퍼 로빈은 우산을 펼쳐서 물 위에 거꾸로

* 피글렛의 친구를 줄여서 말한 것이다.

** 래빗의 벗을 줄여서 말한 것이다.

*** 극을 발견한 곰을 줄여서 말한 것이다.

**** 이요르에게 위안을 주고 꼬리를 찾아준 친구를 줄여서 말한 것이다.

세웠어. 물에 뜨긴 했지만 불안하게 기우뚱거렸지. 푸가 우산에 올라탔어. 그러고는 막 괜찮다고 말하려던 참이었는데 괜찮은 게 아니라는 걸 깨닫고 말았지. 순간적으로 꼬르륵 물을 마신 푸는, 질색을 하면서 허우적허우적 크리스토퍼 로빈 옆으로 되돌아왔어. 이번에는 둘이 동시에 올라탔어. 그랬더니 우산은 더 이상 흔들리지 않았지.

"난 이 배를 '똑똑한 푸' 호라고 부르겠어."

크리스토퍼 로빈이 말했어.

'똑똑한 푸' 호는 이내 출항하여 남서쪽으로 흘러갔단다. 우아하게 빙글빙글 돌면서 말이야.

마침내 배가 눈에 들어왔을 때 피글렛이 얼마나 기뻤을지 상상이 갈 거야. 그 후에도 피글렛은 끔찍한 물난리가 났

을 때 어마어마한 위험에 빠졌었던 기억을 떠올리곤 했는데, 사실 가장 위험한 순간이 있었다면 물에 갇혀 있던 마지막 삼십 분 동안을 유일하게 꼽을 수 있었지. 그때 아울이 날아와서 피글렛네 집 앞 나뭇가지에 앉아 위로를 해준답시고 실수로 갈매기 알을 낳은 적이 있는 어떤 친척 아주머니에 대한 이야기를 주절주절 길게 늘어놓았는데, 지금 얘기하는 것처럼 길게 말이지. 피글렛은 별다른 희망 없이 창밖으로 몸을 내민 채 그 이야기를 듣다가 그만 사르르 잠이 들어버렸고, 창밖으로 몸이 쏠리며 천천히 물 쪽으로 미끄러지다가 급기야 발끝만 아슬아슬하게 창틀에 걸려 있던 그 순간,

다행히도 아울이 "꽥!" 소리를 지르면서 이야기 속 친척 아주머니가 고함을 질렀던 장면을 실감나게 되살렸던 덕분에, 화들짝 잠이 달아난 피글렛이 몸을 뒤로 홱 젖혀 간신히 위기를 넘기고는 이렇게 말했어.

"참 재미있다. 아주머니가 정말 그랬어?"

바로 그 순간 자신을 구하러 물바다를 건너 다가오는 저 멋진 배, '똑똑한 푸' 호*가 눈에 들어왔어…… 피글렛이 얼마나 기뻐했을지 상상이 가지 않니?

***

이제 정말로 이야기가 끝났어. 이야기를 다하고 나니 몹시 피곤하구나. 이만 여기서 끝내야 할 것 같아.

* 선장은 크리스토퍼 로빈이고, 일등항해사는 곰돌이 푸이다.

10

잘 가, 나의 친구들

숲 너머로 햇볕이 내리쬐는 싱그러운 5월의 어느 날이었어. 숲속으로 흐르는 시내마다 아기자기하던 원래 모습을 되찾아 졸졸 흘러가며 행복한 노래를 불렀고, 작은 물웅덩이들은 한때 물바다를 이루어 사방으로 흘러들었던 옛일을 꿈꾸며 가만히 누워 있었지. 뻐꾸기는 따사롭고 조용한 숲속에서 조심스레 목청을 고르면서 자기 마음에 드는 소리를 내려고 애썼고, 산비둘기들은 늘 그렇듯이 게으르고 느긋하게 남 탓을 하며 조용히 투덜거리고 있었는데, 그런 건 별로 중요한 게 아니었어. 이런 날, 크리스토퍼

로빈이 늘 하던 대로 휘파람을 불자, 아울이 그 소리를 듣고 무슨 일인지 알아보려고 100에이커 숲에서 날아왔단다.

크리스토퍼 로빈이 말했어.

"아울, 나는 파티를 열 거야."

"네가? 파티를 연다고?"

아울이 물었어.

"아주 특별한 파티가 될 거야. 왜냐하면 홍수가 났을 때 푸가 피글렛을 구하려고 했던 일 때문에 파티를 열려고 하는 거거든."

"아, 그래서 파티를 연다는 거구나?"

아울이 말했어.

"그래. 그래서 말인데 될 수 있는 대로 빨리 푸에게 알려줄래? 다른 친구들에게도 모두. 바로 내일 파티를 열거야."

"아, 내일이구나. 그렇지?"

아울은 자신이 할 수 있는 일이라면 기꺼이 돕고 싶었어.

"그러니까 네가 가서 친구들에게 알려줄래, 아울?"

아울은 뭔가 그럴듯한 말을 한 마디 하려고 머리를 굴려보았지만 생각이 나지 않아서 포기하고 친구들에게 소식을 전하러 날아갔어. 제일 먼저 찾아간 곳은 푸네 집이었어.

"푸, 크리스토퍼 로빈이 파티를 연대."

"와!"

푸는 이렇게 말하고 나서, 아울이 뭔가 다른 말을 더 듣고 싶어 하는 것처럼 보여서 다시 덧붙여 말했어.

"분홍색 설탕으로 장식한 케이크 같은 것도 있어?"

아울은 분홍색 설탕 장식 케이크 따위로 대화를 나누는 건 너무 수준이 떨어진다는 생각이 들어서, 크리스토퍼 로빈이 했던 이야기만 정확히 전달해주고는 이요르에게 날아가 버렸어.

"나를 위한 파티라고? 정말 근사해."

푸는 생각했어. 푸는 다른 친구들도 이 파티가 푸를 위한 특별한 파티라는 걸 아는지 궁금해졌어. 또 크리스토퍼 로빈이 친구들에게 '둥둥 곰' 호와 '똑똑한 푸' 호 이야기를 해주었는지, 자기가 그 놀라운 배들을 발명하고 항해했던 무용담을 빠짐없이 다 들려주었는지 궁금해지기 시작했지. 그러다가 이런 생각도 들기 시작했어. 모두들 그 이야기를 까맣게 잊어버려서 이 파티가 왜 열리는지 아무도 제대로 알지 못한다면 얼마나 안타까울까 하는 생각 말이야. 이런 생각을 하면 할수록, 푸의 머릿속에서 열리던 파티는 뒤죽박

죽 엉망이 되었어. 제대로 되는 게 하나도 없는 꿈을 꾸는 것처럼 말이야. 그런데 그 꿈이 푸의 머릿속에서 노래처럼 맴돌기 시작하더니, 결국 진짜 노래가 하나 만들어졌어. 바로 이 노래야.

간절한 푸의 노래

푸를 위해 환호 세 번!
(누구를 위해?)
푸를 위해서요.
(아니, 푸가 뭘 했는데?)
아는 줄 알았는데.
친구가 물에 젖지 않게 구해줬어요!
곰을 위해 환호 세 번!

(뭘 위한다고?)

곰을 위해서요—

수영도 못하는데,

친구를 구했거든요!

(누구를 구했다고?)

아, 좀 들어요!

푸 얘기를 하고 있잖아요—

(누구 얘기?)

푸요, 푸!

(미안. 자꾸 까먹어서)

암튼, 푸는 머리가 엄청나게 좋은 곰인데요—

(다시 말해 볼래?)

머리가 엄청나게 좋은—

(머리가 엄청 어떻다고?)

암튼, 푸는 많이 먹어요.

헤엄칠 줄 아는지 그건 모르지만,

그래도 물에 뜨긴 했거든요.

배 같은 걸 타고 말이죠.

(뭐 같은 거?)

음, 단지 같은 거요—

이제 푸에게 진심어린 환호 세 번을!

(이제 푸에게 진심어린 뭐를 어떻게 하자고?)

그리고 푸가 오래오래 우리와 함께하기를!

그리고 건강해지고 현명해지고 부자가 되기를!

푸를 위해 환호 세 번!

(누구를 위해?)

푸를 위해서요…….

곰을 위해 환호 세 번!

(뭘 위한다고?)

곰을 위해서라고요—

놀라운 위니 더 푸를 위해 환호 세 번!

(누가 좀 알려줘 봐—걔가 대체 뭘 한 거야?)

푸 머릿속에서 이런 노래가 만들어지는 동안, 아울은 이요르에게 파티 소식을 전하고 있었지.

"이요르, 크리스토퍼 로빈이 파티를 연대."

이요르가 말했어.

"정말 재미있겠네. 나한테는 마구 밟히고 뭉개진 자질구

레한 부스러기나 보내주겠지. 친절하고 세심하기도 해라. 됐어. 그만해."

"너를 초대하는 거야."

"그게 어떤 건데?"

"초대라고!"

"그래, 나도 들었어. 누가 그걸 흘렸나보지?"

"초대는 먹는 게 아니야. 너를 파티에 오라고 부르는 거잖아. 내일이야."

이요르는 느릿느릿 고개를 흔들었어.

“네가 말하는 건 피글렛이겠지. 귀가 쫑긋거리는 꼬마 친구 있잖아. 그 녀석이 피글렛이야. 내가 전해줄게.”

“아니야, 아니라고. 너라니까!”

아울은 슬슬 짜증이 났어.

“확실한 거야?”

“당연하지. 크리스토퍼 로빈이 ‘모두에게’라고 했어. 모두에게 다 전하라고.”

“모두에게, 이요르만 빼고?”

“그냥 모두 다라니까.”

아울은 골이 나서 대답했어.

“하! 보나마나 잘못 안 거겠지만, 그래도 갈게. 비가 와도 나한테 뭐라고 하진 마.”

하지만 비는 오지 않았어. 크리스토퍼 로빈은 나무판자 몇 개로 기다란 식탁을 만들었고, 모두가 식탁에 둘러앉았어. 크리스토퍼 로빈이 식탁 한쪽 끝에 앉고, 푸는 반대쪽 끝에 앉았어. 그리고 둘 사이로 식탁 한 면에는 아울과 이요르와 피글렛이, 맞은편에는 래빗과 루와 캥거가 앉았지. 래빗의 친구와 친척들은 풀밭 여기저기에 흩어져 앉아서, 혹시 누가 말을 걸어주지 않을까, 누가 먹을 거라도 떨어뜨리지 않을까, 아니면 누가 몇 시냐고 물어오지는 않을까 기대하며 기다렸지.

루는 태어나서 처음으로 참석해본 파티라서 무척 들떠 있었어. 모두들 자리에 앉자마자 기다렸다는 듯이 떠들기 시작했지.

"안녕, 푸!"

루가 찍찍 인사했어.

"안녕, 루!"

푸가 말했어.

루는 잠시 동안 자리에서 팔짝팔짝 뛰더니 또 떠들었지.

"안녕, 피글렛!"

또 루가 찍찍 인사했어.

피글렛은 루에게 앞발을 흔들었지만 루는 너무 바빠서 말을 할 새가 없었어.

"안녕, 이요르!"

루가 말했어.

이요르는 루를 보고는 우울하게 고개를 끄덕였어.

"금방 비가 올 거야. 오는지 안 오는지 봐봐."

루는 비가 오는지 안 오는지 보려고 하늘을 봤는데 비가 오지 않았어.

"아울, 안녕!"

루가 인사했어.

"안녕, 꼬마 친구."

아울도 루에게 다정하게 인사하고는, 크리스토퍼 로빈에게 자기 친구가 어떤 사고를 당할 뻔했는데 간신히 피했다는 이야기를 마저 이어서 해나갔어. 크리스토퍼 로빈은 알지도 못하는 친구인데도 말이야.

"아가, 우유부터 마시렴. 이야기는 나중에 하고."

캥거가 루에게 말했어.

그러자 우유를 마시고 있던 루가 자기는 그 두 가지 일을 한꺼번에 할 수 있다고 말하려다가 그만…… 캥거가 한참 동안이나 등을 두드려주고 몸을 닦아줘야 했지.

모두가 어느 정도 배부르게 먹었을 때쯤, 크리스토퍼 로빈이 숟가락으로 식탁을 두드렸어. 모두들 하던 이야기를 멈추고 입을 다물었지. 아, 루만 빼고. 루는 요란한 딸꾹질이 이제 막 멈추려던 참이었는데, 딸꾹질을 한 게 자기가 아니라 래빗의 친척이 한 것처럼 보이려고 애쓰고 있었어.

크리스토퍼 로빈은 말했어.

"이 파티는 누군가가 한 일 때문에 연 파티야. 그리고 우리는 모두 다 그게 누군지 알고 있어. 그러니까 이건 그 친구의 파티고, 그 친구가 한 일 때문에 이 파티를 연 거야. 그래서 내가 그 친구한테 줄 선물을 가져왔어. 자, 여기 있어."

로빈은 주변을 더듬거리다가 조그맣게 말했어.

"어디로 갔지?"

크리스토퍼 로빈이 선물을 찾고 있는 사이에, 이요르가 헛기침을 하며 눈길을 끌더니 연설을 하기 시작했어.

"친구 여러분, 그리고 나머지 여러분. 여러분을 내 파티에서 만나게 되어 대단히 기쁩니다. 아니, 어쩌면 이 시점까지

기뻤다고 말하는 편이 낫겠네요. 내가 한 일은 아무것도 아닙니다. 여기 계신 누구라도, 그러니까 래빗하고 아울하고 캥거는 빼고, 다 그렇게 했을 겁니다. 참, 푸를 안 뺐군요. 물론 피글렛과 루에게도 해당사항이 없고요. 그 친구들은 너무 조그마해서요. 여러분 누구라도 나처럼 했을 거예요. 그런데 어쩌다 보니 그게 내가 됐네요. 이런 말은 할 필요 없지만, 크리스토퍼 로빈이 지금 찾고 있는 선물을 받을 생각으로 한 일이 아니랍니다."

이요르는 말을 하다 말고 앞발을 들어 입에 대고는 다 들리는 소리로 소곤거렸지.

"식탁 밑도 찾아봐."

그러고 나서 다시 모두를 향해 말했어.

"내가 그런 일을 한 건 누구나 남을 돕기 위해 자기가 할 수 있는 일을 해야 한다고 생각하기 때문이에요. 나는 우리 모두가……."

"따, 딸꾹."

루가 의도치 않게 딸꾹질을 했어.

"루, 아가!"

캥거가 루를 나무랐단다.

"나였어요?"

루가 약간 놀라서는 물었어.

"이요르가 지금 무슨 말을 하는 거야?"

피글렛이 푸에게 귓속말로 물었지.

"나도 몰라."

푸는 약간 맥이 빠진 목소리로 대답했어.

"오늘은 너를 위한 파티인 줄 알았는데."

"나도 그런 줄 알았는데. 아닌가 봐."

"이요르 파티가 아니라 네 파티였으면 좋겠다."

"나도."

"따, 딸꾹!"

루가 또다시 딸꾹질을 했어.

"말씀, 드린, 대로."

이요르는 큰 소리로 엄중하게 말했어.

"온갖 시끄러운 소리에 방해를 받아가며 앞서 말씀드린 것처럼, 내 생각에는……."

"여기 있다!"

크리스토퍼 로빈이 흥분한 목소리로 외쳤어.

"그걸 바보 곰돌이에게 건네줘. 그거 푸 줄 거야."

"푸한테 준다고?"

이요르가 물었어.

"물론이지. 이 세상에서 최고로 멋진 곰한테 주는 거야."

"이럴지도 모른다고 생각했어야 했는데. 어쨌든 불평해서는 안 돼. 나한테는 친구들이 있으니까. 어저께 누가 말해줘서 알았지만. 그리고 지난 주인가, 지지난 주인가, 래빗도 나랑 부딪치고는 '뭐야!' 그랬잖아. 여럿이서 친하게 지내다 보면 늘 무슨 일이 생기기 마련이잖아."

아무도 이요르의 말을 듣고 있지 않았어. 모두들 "푸, 열어봐." "푸, 뭐가 들었어?" "난 뭔지 알아." "너도 모르잖아." 같은 말을 하면서 한 마디씩 거드느라 정신이 없었거든. 물론 푸는 냉큼 선물을 풀었어. 그래도 끈은 자르지 않았지. 나

중에 언제 또 쓸 일이 있을지 모르니까. 드디어 포장을 다 벗겨냈어.

선물이 뭔지 본 푸는 너무 좋아서 쓰러질 뻔했어. 그건 특별한 필통이었어. 필통에는 연필이 들어 있었는데, 연필마다 곰(Bear)을 뜻하는 'B'와 도움을 주는 곰(Helping Bear)을 뜻하는 'HB'와 용감한 곰(Brave Bear)을 뜻하는 'BB'라는 글자가 새겨져 있었지. 연필을 깎을 때 쓰는 칼과, 철자를 틀렸을 때 무엇이든 문질러서 지울 수 있는 지우개와, 글씨를 쓸 때 삐뚤빼뚤하지 않도록 줄을 그을 수 있는 자도 들어 있었는데, 자에는 길이가 궁금할 때 언제든 재볼 수 있도록 눈금도 그려져 있었어. 또 특별한 일은 파란색과 빨간색과 초록색으로 구별해서 쓰도록 세 가지색 연필도 담겨 있었어. 게다가 이 모든 근사한 도구들은 칸칸이 나뉘어져 있었고, 이 특별한 필통을 닫을 때는 딸칵 소리까지 났어. 모든 게 다 푸의 것이었지.

"와!"

푸가 말했어.

"와, 푸!"

모두 다 말했어. 이요르만 빼고.

"고마워."

푸가 조그맣게 우물거렸어.

하지만 이요르는 혼자 중얼거렸지.

"이런 글 쓰는 일 같은 건 말이지. 연필이니 뭐니 이런 것들, 다 과대평가된 거라니까. 내 의견을 묻는다면 그래. 유치하기만 하지, 아무것도 아니라고."

나중에, 모두들 크리스토퍼 로빈에게 "잘 가", "고마워" 하고 인사하고 난 뒤에, 푸와 피글렛은 생각에 잠겨 황금빛 저녁노을이 지는 길을 나란히 걸어갔어. 그렇게 한참 동안 둘은 아무 말도 하지 않았단다.

이윽고 피글렛이 침묵을 깼어.

"아침에 일어나면 말이야, 푸, 너는 제일 먼저 무슨 생각

을 해?"

"아침으로 뭘 먹을까 하는 생각. 너는 무슨 생각을 해?"

"나는, 오늘은 어떤 신나는 일이 벌어질까 하고 생각해."

푸는 골똘히 생각하는 것처럼 고개를 끄덕였어.

"나랑 같은 거네."

푸가 말했단다.

***

"그래서 어떤 일이 벌어졌어요?"

크리스토퍼 로빈이 물었어요.

"언제 말이니?"

"다음날 아침에요."

"나도 모르겠구나."

"그럼 생각한 다음에 저랑 푸에게 말해주실 수 있어요?"

"네가 정말 듣고 싶다면."

"푸가 듣고 싶대요."

크리스토퍼 로빈이 말했어요.

크리스토퍼 로빈은 한숨을 푹 내쉬고는, 곰의 다리를 잡고 문 쪽으로 걸어갔어요. 위니 더 푸는 그 뒤로 질질 끌려갔지요. 크리스토퍼 로빈이 뒤를 돌아보며 물었어요.

"나 목욕하는 거 보러 오실 거죠?"

"그럴까?"

"푸가 선물 받은 필통이 내 필통보다 더 좋은 거였어요?"

"똑같은 거였어."

크리스토퍼 로빈은 고개를 끄덕이고는 나갔고…… 곧바로 소리가 들렸지요. 쿵, 쿵, 쿵. 위니 더 푸가 크리스토퍼 로빈을 따라 계단을 오르는 소리가.

작품 해설

세상에서 가장 유명한 곰돌이 푸

디즈니 애니메이션으로 더 유명한 곰돌이 푸는 사실 영국 런던 조금 아래 이스트서식스 지역에 위치한 하트필드에서 태어났다. 저자 앨런 알렉산더 밀른은 1920년 아들 크리스토퍼 로빈 밀른이 태어나자 1925년에 하트필드의 아담한 시골집 코치포드 팜을 사들여 이곳에서 아들과 함께 주말과 휴일을 보내며 자주 산책을 나갔던 애시다운 포레스트를 무대로 곰돌이 푸의 원작인 《위니 더 푸》와 《푸 모퉁이에 있는 집》을 탄생시켰다.

1903년에 케임브리지대학교를 졸업한 밀른은 간간이 글을 기고하던 문예 잡지 《펀치》지의 편집자로 일하면서 해학적인 시와 재치 있는 에세이를 싣고, 극작가와 소설가로도 여러 작품을 남기는 등 왕성한 활동을 하던 작가였다. 1920년에 아들 크리스토퍼 로빈 밀른이 태어난 뒤에는 아이들을 위한 시와 이야기를 쓰기 시작했고 1924년에는 동시를 엮은 《When We Were Very

Young》을 발표하기도 하였다. 《위니 더 푸》는 그의 아들 로빈이 가장 좋아했던 봉제 곰 인형과 다른 동물 인형들을 가지고 엄마와 놀이를 하는 모습에서 영감을 받아 집필을 시작했다고 한다. 코치포드 팜에서 주말마다 아들과 함께 거닐던 애시다운 포레스트는 100에이커 숲이 되고, 숲 언저리로 흐르던 강 위의 나무 다리는 푸 막대기 놀이를 하는 푸 다리가 되었다. 숲속 오래된 호두나무는 푸의 집이 되었다. 후일 크리스토퍼 로빈 밀른이 회고한 바에 따르면, 푸와 피글렛이 히파럼프를 잡기 위해 함정을 팠던 여섯 그루 소나무도, 이요르가 사는 우울한 장소도, 크리스토퍼 로빈이 친구들을 떠나는 갤리언 골짜기와 마법에 걸린 장소도 모두 하트필드 그 자체라고 할 만큼 똑같다고 한다. 푸 이야기는 아버지가 어린 아들이 실제로 몸담았던 공간에서 아들이 사랑하는 인형들이 펼치는 재미난 모험을 이야기로 들려주는, 아들을 위한 선물과도 같은 작품이었다.

어린 아들을 위한 종합 선물 세트였던 푸 이야기

크리스토퍼 로빈 밀른은 어려서부터 성격이 매우 섬세하고 수줍음을 많이 탔다. 밖에서 뛰어 놀기보다는 집안에서 얌전히 사색하기를 좋아했다. 그런 로빈이 외출을 반기던 곳 중 하나가 런던 동물원이었는데, 동물원에서 만나는 여러 동물들 가운데 특히 캐나다에서 온 흑곰을 매우 좋아했다. 이 흑곰은 1차 세계대

전 당시 유럽으로 파병을 온 캐나다 군인 해리 콜번이 어미 잃은 아기 곰을 발견하고 영국으로 데려온 것이었는데, 콜번의 고향인 캐나다 위니펙에서 이름을 따와 위니라고 불렀다. 위니는 콜번의 부대원들 사이에서 부대의 마스코트처럼 여겨지며 사랑을 받았으나, 이 부대가 프랑스로 전장을 옮기면서 런던 동물원에 기탁되었고, 전쟁이 끝난 뒤에는 정식으로 동물원에 기증했다.

로빈의 곰 인형은 원래 이름이 에드워드였으나 밀른은 에드워드 대신 로빈이 좋아했던 흑곰의 이름인 위니와, 로빈이 좋아했던 또 다른 동물인 백조 이름 푸를 빌려와 곰돌이 위니 더 푸라는 이름을 만들었다. 그리고 크리스토퍼 로빈의 다른 동물 인형인 아기 돼지 피글렛, 당나귀 이요르, 엄마 캥거와 아기 루, 호랑이 티거를 푸의 친구들로 등장시키고, 상상력을 발휘하여 만들어낸 토끼 래빗과 올빼미 아울까지 더하여 개성 강한 캐릭터들이 마음 따뜻하고 유쾌한 소동을 벌이는 걸작 이야기를 완성했다. 푸 원작에서 빼놓을 수 없는 삽화는《펀치》지에서 함께 일하던 동료 어니스트 하워드 셰퍼드가 자신의 아들이 가지고 놀던 곰돌이 인형을 모델로 그린 것이다.

작품과 명암이 교차했던 밀른 가족 이야기

밀른이 1925년 크리스마스이브에《런던 이브닝 뉴스》를 통해 〈The Wrong Sort of Bees〉라는 단편 에피소드로 처음 곰돌이 푸를 세상에 선보인 이후, 1926년과 1928년에 각각 책으로 엮여 출판된 푸 이야기 1권과 2권은 순식간에 수많은 아이들의 인기를 얻었다. 귀여운 캐릭터 삽화가 상상력을 부추기는 엉뚱한 에피소드들은 어른들의 마음까지 한순간에 사로잡았다. 그러나 푸 이야기가 이렇게 대대적인 성공을 거두면서, 밀른의 가족은 밝고 유쾌한 작품과 달리 외롭고 불행한 긴 터널로 접어든다.

밀른 자신은 극작가로 왕성하게 활동하면서 탐정 소설을 쓰고 싶다는 꿈을 갖고 있었는데, 푸 이야기가 성공을 거두자 여러 갈래로 쏟아져 들어오는 독자들의 기대에 부응하기 힘들다고 생각하여 앞으로 동화는 쓰지 않겠다고 선언한다. 사랑하는 아들을 위해 썼던 작품이지만, 그 작품 때문에 아들과도 소원해지게 된다. 본의 아니게 유명세를 치르게 된 크리스토퍼 로빈 밀른은 그를 소설 속 주인공과 동일시하는 세간의 관심에 갇혀 평범한 어린 시절을 빼앗긴 채 작품 속 캐릭터들에게 애증의 감정을 품고 평생을 살아갔다. 동화 속에서는 아버지에게 이야기를 해달라고 조르고 목욕도 같이 하자고 청하는 평범한 소년이었지만, 실제로는 일을 하느라 바빠진 부모를 만나기 힘들어 생일조차 혼자 보내야 했던 외로운 아이였다. 로빈은 부모에 대한 원망으로 가족과는 점점 멀어졌고, 결혼하면서는 멀리 북동부에 위치한 다트머스로 터전을 옮겨 서점을 열었다. 밀른이 코치포드 팜에서 지병으로 사망한 뒤로는 어머니와 왕래를 끊었는데, 어머니 역시 임

종의 순간까지도 아들과 만나기를 거부했다고 한다. 후일 로빈은 푸 캐릭터가 상업적으로 이용되는 것을 원하지 않는다며 가지고 있던 인형들을 출판사 편집자에게 선물했다. 인형들은 이 편집자가 뉴욕 공립도서관에 기증하여 현재까지도 이곳에 전시되어 있다. 그러나 푸 이야기의 캐릭터 저작권들은 밀른 사후에 유족을 비롯한 네 개 단체에 분배되었고, 밀른의 아내가 보유했던 권리가 미국의 애니메이션 제작자 스테판 슬레진저를 거쳐 월트디즈니사로 넘어가면서 현재는 디즈니사가 모든 저작권을 영구적으로 매입한 상태다.

그래도 여전히, 숲속 놀이터를 뛰노는 푸와 친구들의 이야기

밀른은 아버지로서 부족한 부분이 많았지만 아들을 사랑했다. 또 재치 있게 글을 쓸 줄 아는 작가일 뿐만 아니라, 인간관계를 이해하고 내면의 세계를 성찰하여 가장 순수한 언어로 옮겨 쓸 줄 아는 작가였다. 머리 나쁜 푸가 어떤 곡해도 없이 세상을 받아들이고 긍정할 때, 겁쟁이 피글렛이 조용히 용기를 낼 때, 이요르가 냉소적으로 세상을 푸념할 때, 단순해보이지만 동물 친구들의 진심이 묻어나는 대화들은 지금까지도 많은 사람들이 인용하고 곱씹어볼 만큼 깊은 울림을 준다. 아버지로서 아들에게 들려주고 싶은 진심이 아니었다면 푸 이야기는 이렇게 아름다운 작품으로 탄생하지 못했을 것이다. 그리고 아마도 얕은 듯 깊고 가벼운 듯 묵직한 이러한 울림을 간직한 덕에 이 작품이 이토록 오랫동안 어른과 아이 할 것 없이 사랑받는 고전으로 남을 수 있었을 것이다.

이야기 말미에 크리스토퍼 로빈은 숲을 떠난다. 크리스토퍼 로빈 밀른이 코치포드 팜을 떠나 기숙학교로 가야 했듯이, 누구나 어린 시절을 떠나 세상이 필요로 하는 질서와 관념을 익히는 또 다른 세계로 건너간다. 그러나 숲속 놀이터는 언제나 그 자리에 있다. 재미난 놀이에 뛰어들고 싶은 아이들을 위해, 손을 뻗으면 잡을 새도 없이 사라지고 마는 꿈을 영원히 기억해두고 싶은 어른들을 위해. 이 책은 그런 사람들을 위한 숲이다.

앨런 알렉산더 밀른 연보

1882년 앨런 알렉산더 밀른은 영국 런던에서 태어났다.

1890년~ 어렸을 때, H. G. 웰즈에게 가르침을 받아 큰 영향을 받았다. 공립학교 웨스트민스터 및 케임브리지대학교 트리니티칼리지에서 교육을 받았다.

1903년 케임브리지대학교 트리니티칼리지를 졸업했다.

1906년 학생 시절부터 학내 잡지에 시나 수필을 투고했으며, 대학 시절 영국의 유머 잡지 《펀치》에 투고해, 편집 조수가 되었고 이후 작가로 독립하였다. 후에 《펀치》지 편집부의 일원이 되어, 해학적인 시와 기발한 평론들을 썼다.

1913년 도로시 다펀 드 셀린코트와 결혼했다.

1919년 제1차 세계대전 후에는 풍자적이고 해학적인 작품을 쓰는 작가로 널리 알려지게 되었으며, 희곡 《펌씨 지나가시다》를 집필했다.

1920년 그의 아들인 크리스토퍼 로빈 밀른이 태어났다.

1921년 《블레이즈의 진실》을 집필했다.

1922년 《도버 가도》를 집필했으며, 《붉은 저택의 비밀》이라는 소설도 집필했는데 이는 불안감과 긴장감을 살리면서도 유머러스하게 사건이 전개되는 작품으로 그의 유일한 장편 추리소설이다.

1924년 《우리가 아주 어렸을 때》를 출간했다.

1926년 크리스토퍼 로빈의 동물 인형인 곰돌이 푸, 회색 당나귀, 캥거와 아기 루, 아기 돼지 등을 모두 의인화시켜 익살스럽고 유쾌하게 풀어낸 공상 동화인《곰돌이 푸(Winnie-the-Pooh)》를 출간했다.

1927년 《우린 이제 여섯 살이야》를 출간했다.

1928년 《푸 모퉁이에 있는 집》을 출간했다.

1929년 무대 공연을 위해 아동 명작인 케네스 그레이엄의《The Wind in the Willows》를《Toad of Toad Hall》로 각색했고 10년 뒤 자서전《It's Too Late Now》를 집필, 출간했다.

1930년 《마이클과 메리》(1930) 등과 같은 몇 편의 가벼운 희극으로 상당한 성공을 거두었다.

1956년 1월 74세로 세상을 떠났다.

옮긴이 박혜원

심리학을 전공했고, 현재는 전문번역가로 활동 중이다. 《퀸 (40주년 공식 컬렉션)》, 《브라이언 메이 레드 스페셜》, 《곰돌이 푸1 : 위니 더 푸》, 《곰돌이 푸2 : 푸 모퉁이에 있는 집》, 《빨강 머리 앤》, 《에이번리의 앤》, 《레드먼드의 앤》, 《이매지닝 앤》, 《소공녀 세라》, 《엄마 찾아 삼만리》, 《시크릿 가든》 등을 번역했다.

곰돌이 푸

1926년 오리지널 초판본 표지디자인

초판 1쇄 펴낸 날 2024년 1월 31일

지 은 이 앨런 알렉산더 밀른
그 린 이 어니스트 하워드 셰퍼드
옮 긴 이 박혜원
펴 낸 이 장영재
펴 낸 곳 (주)미르북컴퍼니
자 회 사 더스토리
전 화 02)3141-4421
팩 스 0505-333-4428
등 록 2012년 3월 16일(제313-2012-81호)
주 소 서울시 마포구 성미산로32길 12, 2층 (우 03983)
E-mail sanhonjinju@naver.com
카 페 cafe.naver.com/mirbookcompany

* (주)미르북컴퍼니는 독자 여러분의 의견에 항상 귀 기울이고 있습니다.
* 파본은 책을 구입하신 서점에서 교환해 드립니다.
* 책값은 뒤표지에 있습니다.

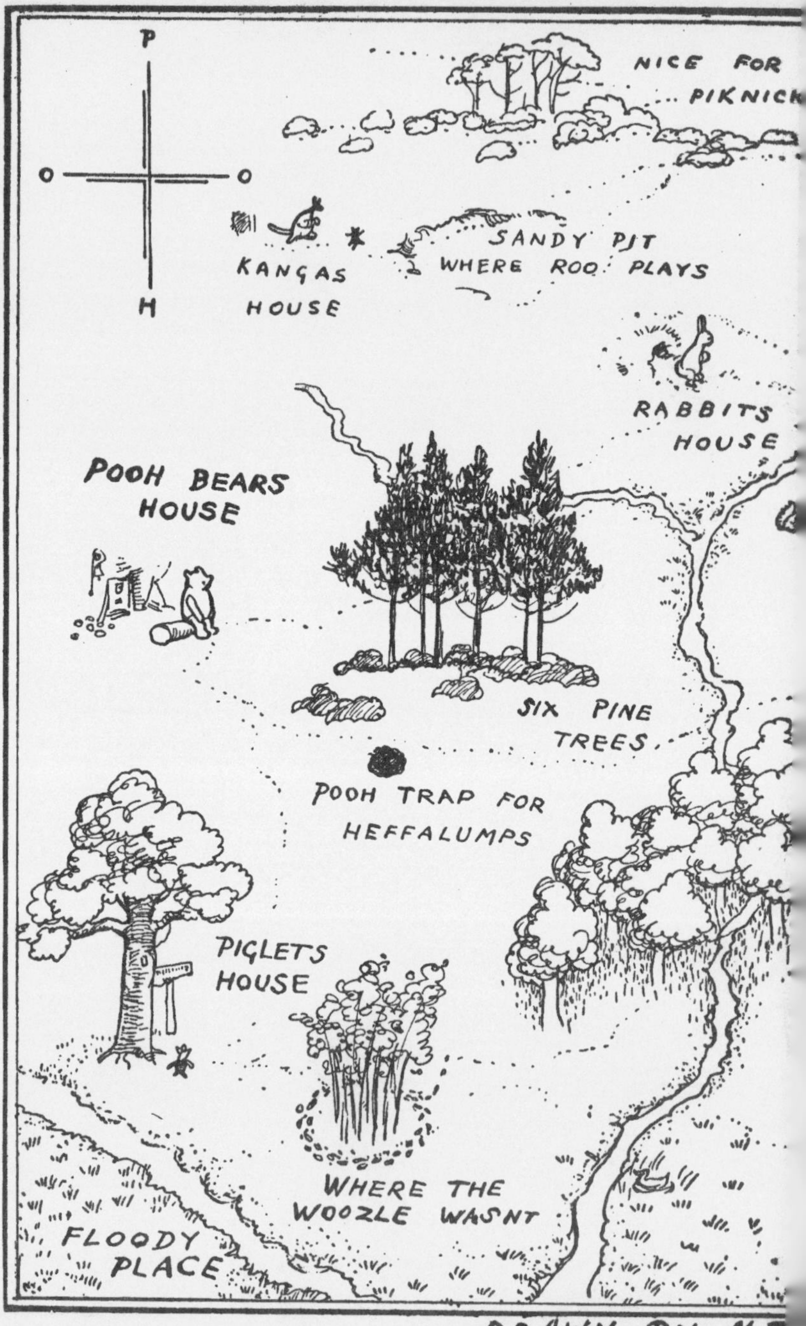
P
O
O
H
NICE FOR
PIKNICK
KANGAS
HOUSE
SANDY PIT
WHERE ROO PLAYS
RABBITS
HOUSE
POOH BEARS
HOUSE
SIX PINE
TREES.
POOH TRAP FOR
HEFFALUMPS
PIGLETS
HOUSE
WHERE THE
WOOZLE WASNT
FLOODY
PLACE
DRAWN BY ME